莫言 | 主要作品

红高粱家族
天堂蒜薹之歌
十三步
酒国
食草家族
丰乳肥臀
红树林
檀香刑
四十一炮
生死疲劳
蛙

○●○

白狗秋千架（小说集）
爱情故事（小说集）
与大师约会（小说集）
欢乐（小说集）
怀抱鲜花的女人（小说集）
战友重逢（小说集）
师傅越来越幽默（小说集）

○●○

姑奶奶披红绸（剧作集）
我们的荆轲（剧作集）

Winner of
the Nobel Prize
in Literature

白棉花

莫言中篇小说精品系列

白棉花

浙江文艺出版社
Zhejiang Literature & Art Publishing House

目录

红耳朵 / 001
怀抱鲜花的女人 / 068
白棉花 / 123

红 耳 朵

几十年前,我们巴山镇曾出过一个富有传奇色彩的人物。有关他的传说,我初懂事时就听老人们说过,后来在政协的文史资料上,又看到过好几篇关于这个人的文章。这个人究竟是个坚定的共产主义者,还是个精神病人,那些写文章的人也说不清楚。

一

王十千,诨名:红耳朵、王疯子、王神仙。他生着两只像小蒲扇一样的招风大耳,这是他最有名的生理特征。我认为这对耳朵决定了他一生的命运,他的一切不被常人理解的行为都与这两扇大耳有关,这是我在王十千研究中的独到见解。我的观点在"王十千讨论会"上引起了很大反响,赞同者少,反对者多,但无论赞同者还是反对者都被我的观点新鲜了一下子。

王十千七岁那年的初春,镇上王家祠堂前的大槐树下,来了一个牵着一匹单峰骆驼的相面先生。许多闲人正坐在墙根晒太阳、抓虱子,相面先生手中铜铃清脆,立即把闲人招过去。正在闲人堆里厮混的王十千也跟着过去,他抽着两条黄鼻涕,蓬着一头刺猬毛,穿着破棉袄,趿拉着破草鞋,挤进里圈,与相面先生对着面。

他应该闻到了骆驼嘴里喷出的腐草味儿,相面先生的鹰钩鼻、元宝嘴犹如两柄尖刀,插在他的记忆中。

闲人们腰里无钱,围上来是为了看热闹,并不是要相面。内中有一个叫孟中宝的,嘴尖舌怪,以刁钻刻薄闻名乡间,此时自然不甘寂寞。他与相面先生搭上话,说:"先生给我相相,相对了我给你钱,相不对你给我钱,各位乡邻作证。"相面先生扫了孟中宝一眼,撇撇嘴说:"本可出将入相,却成了地痞流氓。"孟中宝一撸袖子,怒道:"我是堂堂君子,怎是地痞流氓?!"相面先生笑嘻嘻地说:"皆因一笔风流账,官运财运俱消亡。坑蒙拐骗全在行,你不流氓谁流氓。"相面先生几句话,把众人说愣了也说乐了,原来这孟中宝早年在军阀队伍里当过副官,因为勾上了上司的姨太太,险些丢了小命，幸亏有朋友帮助，才逃回家乡。他黄着脸说："放你娘花椒麻辣屁，老子今日手懒，要不定宰了你的骆驼，抠了你的眼！"言罢，悻悻地溜了。

众人都感到相面先生道行不小，七嘴八舌道："先生反正闲着没事，何不相相我们，看看可有个真龙藏着？"

相面先生缓缓运动目光，把众人扫描一遍，失望地说："一群凡夫俗子，连个像样的地痞流氓都没有。"

众人道："你再好好相相，兴许漏了贵人。"

那时，恰逢着王十千从相面先生面前站起来，瞪着两只黑溜溜的小眼，举起袄袖子，擦唇上的鼻涕。相面先生一拍额头，慌忙站起来，说："该死，该死，果然把贵人漏了！"

众人听相面先生说得邪乎，便问："哪个是贵人？贵人在哪里？"

相面先生指指十千，说："这小官人注定了是人中龙凤。"

众人不由得大笑起来，看那王十千，抽着鼻涕蓬着头，脸上的灰垢有半寸厚，两根袖管上沾满鼻涕，亮晶晶的，像盔甲一样。说也奇怪，他的脸上、脖子上沾满了灰垢，那两扇大耳朵却是粉红雪白，在太阳下显得生动鲜明，十分可爱。

相面先生仔细端详着十千，又是摇头又是咂舌，不知心里转着什么圈儿。围观者道："先生说这小童是个大贵人，他究竟贵在什么地方？能贵到什么程度？求先生给俺们批讲批讲。"

那先生说："这小童儿贵在这两扇大耳朵上。"

闲人中有捣乱者说："照先生这说法，圈里的猪该是最贵了？"

相面先生有些生气地说："你以为圈里的猪不贵？吃饱了睡，睡饱了吃，无衣食之忧，克筋骨劳累，可谓大贵，只怕你比不上圈里那些猪！"

那人本想逗逗嘴上功夫，没想到栽了个大跟头。又有挑衅者问："你说他耳朵主贵，总得有个批讲。"

相面先生道："相书也云'耳白于面，名满天下'。"

挑衅者道："相书也云'两耳扇风，卖地的老祖宗'，究竟以哪条为准？"

相面先生道："卖地就不能成为贵人吗？竖子不可教也，竖子不可教也！"

相面先生收拾起包袱，在闲人们的起哄声中，拉着骆驼走了。临别时他对十千说："小兄弟，好自为之，日后发达了，别忘了今天的事。"

十千正一心研究着骆驼背上那个肉疙瘩，相面先生的临别赠言没引起他的兴趣。

二

十千是巴山首富王百万的儿子。王百万本名王柏园，家有良田三千多亩，家里开着烧酒作坊，在县里还有两个店：一个卖杂货，一个卖布匹、绸缎。他家的堂号名"积善"。所以十千也就是积善堂的公子，而且是唯一的公子。

十千是王百万五十岁时得到的儿子，是三姨太太所生。三姨太原是河北保定府大户人家的使唤丫头。民国初年王百万去保定贩卖布匹时，与那大户人家主人相识，结为把兄弟，盘桓在主人家吃酒。那使唤丫头侍候酒宴，被百万一眼看中，竟鬼迷心窍般地跟大户讨要，大户一慷慨，就把她送了百万。三姨太姿色不错，又是当丫鬟出身，侍候人有经验，所以很得百万欢心。后来她就怀了孕。百万虽有万贯家产，但后继无人，前边两房，大房生了两个女儿便不再生养，二房干脆不生，所以这三姨太太身怀六甲，实在是一桩大事，连前边二房太太也整夜焚香，祷告三姨太能为老爷生出一个儿子。

三姨太果然不负众望,怀胎九个月,产下一个男孩,这男孩就是王十千。

写到这里,读者诸君可能会提出疑问:王百万五十得子,一定视若掌上明珠,应该食珍馐、衣锦绣、读诗书、写文章,怎么会让他像小叫花子一样在闲人堆里厮混?

王十千本该是王百万的掌上明珠,没成明珠反成弃儿的原因在于:

三姨太妊娠期满,腹中剧动,底下见了红,百万忙差人把接生婆娘搬来。接生婆进去了,百万一人在暖厅里焦急踱步,把脚都踱麻了,托人进去问,说是难产。百万跪在祖宗牌位前,点了三炷香,虔诚祷祝一番,磕了三个响头,爬起来,坐在雕花紫檀木太师椅上。他有些累了,便吩咐丫鬟烫了一锡壶黄酒端过来,一个人独酌。那是清明节后十几天光景,春阳景和,院子里几株桃树红花怒放,宛若几簇烈火。阳光照过木格子,洒到他的身上,使他筋酥骨软,不觉迷蒙了眼。似睡非睡之间,见一满身脏污、生着两只格外显眼大耳朵的叫花子手拄要饭棍闯了进来。他急忙起身去拦挡,拦挡不住,叫花子直冲到三姨太太的产房里去了。这里,大太太、二太太正在他身边说:"恭喜老爷!恭喜老爷!老三生了一个儿子。"

王百万从梦中惊醒，满脸热汗。他看到了大太太和二太太猫一样的媚脸，听到了三姨太产房中传出来的颇为雄壮的婴儿啼声。

前来贺喜的亲朋把人间所有的恭维话都说遍了，王百万心里却疙疙瘩瘩的，那大耳朵叫花子的形象像驱赶不走的鬼影，无时无刻不在他的眼前晃动。这件事他压在心头，没对任何人说。他强装出欣喜的样子，应酬亲朋。他一直没进三姨太的房去看儿子。三姨太自知今后必定因子而贵，在这个家庭中的地位已经不可动摇，自己也尊重起来，老爷不进房，她也不邀。

满月那天，高朋如蚁。积善堂摆开了流水宴席，反正自家开着烧酒锅，有的是酒。王百万应酬着，欢笑着，心中却忐忑不安。

贵子抱上席，让众人观赏。王百万一颗心在喉咙里堵着。在一片对婴儿的阿谀声中，他下着狠心，举目观看。他看到了保养得如同白面馒头一样的三姨太，看到了描龙绣凤的富贵襁褓，看到了那两只熟悉又陌生的漆黑小眼睛，还有那两扇大得与婴儿头不成比例的大耳朵。王百万胸口一阵剧痛，眼前一黑，一头栽到桌子底下。

大太太、二太太哭叫着，亲朋好友们忙乱着，把老东家从桌子下拖出来，抬到炕上，掐人中，捏百会，扎十宣，撬牙关，灌姜汤，忙乎了足有半个时辰，才有一口气缓上来。

缓上气来，夹着两眼泡老泪，眼睛盯着天棚。大太太、二太太齐声表忠心、流眼泪，一人握着一只手揉搓。

三姨太抱着她必胜的武器昂昂然走过来，把大太太和二太太挤到一旁去。三姨太搂着婴孩靠近百万的脸，嘴里叫着婴孩的名字："十千，十千，好儿子，快问候你爹爹好了没有。"

王百万把双手从女人手里抽出来，捂住眼睛，大声吼叫："滚！滚！滚！这不是我的儿子！不是我的儿子！"

三姨太一听这话，哇啦哇啦地哭起来，哭着骂："老东西呀老东西，大喜的日子你丧了良心！自从跟了你，俺大门不出，二门不迈，不是你的种，是哪个驴的种？"

亲朋们一看这情景，有的偷偷溜了，有的上来劲，劝三姨太说："三娘，别哭了，老爷是欢喜过了头，痰迷了心窍，清醒过来就好了。别哭了，别闹了，叫外人听了去笑话。"

三姨太一听劝告有理,便停住哭闹,抱着十千,由丫鬟搀扶着,回到自己房中。

剩下的人继续掐捏捶打老爷,并用各种各样的语言开导劝解。老头儿吐出了一堆黏涎,清醒地坐起来,直着眼不说话,心里边舞龙滚狮般折腾。心想:这个大耳朵的小妖精不知是何方冤孽投胎,是冲着我的万贯家产来的。我王百万一世好善,怎会招来这么个冤家?杀掉他?不行。将他和三姨太驱逐出家门?更不行。直想得脑袋都大了,也没想出个主意。他仿佛看到,那个大耳朵的家伙正冲着自己冷笑:老头儿,我是来者不善,善者不来,让你头痛的事还在后头,咱骑驴看唱本,走着瞧吧!百万暗中叹息:是福不是祸,是祸躲不过。心中稍微宽松了些,便招呼下人烫酒炒菜,直喝得烂醉。从此王百万一改节俭勤劳的旧习惯,日日挑着口儿吃,变着花样玩,大把地花钱。他的想法是:与其等你败我的家,还不如我自己来败。他挥霍时,却对家人格外苛刻。他先是把三姨太送回了保定,然后把十千赶到长工屋里,与那个放牛的小觅汉同吃同住同劳动。他还对大耳朵实行了愚民政策,不让他念书识字。百万的反常行动,自然在镇上引起不少议论,说坏的有,说好的也有。坏话无非是说十千来路不正,或曰百万蛇蝎心肠;好话则说百万教子有方,让儿子先受苦,知道稼穑艰辛,然后才能克勤克俭,继承大业。从现代政治的观点来看,在那段时间里,王十千这个大公子,实际上是一个受着地主阶级压迫的奴隶。后来十千表现出来的叛逆精神,与这段生活也许有某种关系。史志上的文章里有类似观点。

三

拍马屁的人添油加醋地把相面先生的话转述给王百万。百万听罢,不觉心头一震。历史上确有许多大贵人是生着大耳朵的呀!那刘备刘玄德就是一个。那活佛济公不也是两耳扇风,遍身脏污,形同乞丐吗?也许那小妖精真是个大福大贵之人。回想起这几年,尽管自己花钱如流水,但花一进十,家运反而比以前愈加昌盛,这一切不都应在这小妖精身上吗?

第二天一大早,王百万便到长工们住的旁院里去看十千。正在修理家具的长工头儿老张见了东家,忙恭敬问候。百万搭了几句闲话,便问:"十千这孩子怎么样?"

老张观察着东家的脸色,揣摸着东家的意思。他听人风言风语地说过十千是三姨太招的野种,所以老爷不喜欢,名义上是父子,实际上是主仆,想到此便说:"这孩子没什么大毛病,就是懒一点。"

"噢,"百万应一声,说,"叫他来见我。"

老张道:"我打发他赶着骡子啃青去了。"

"去哪儿啃青?"百万问。

"庄东,墨河边,都是老爷的麦田。"老张说,"老爷要见他?待小的去唤他回来。"

百万摆摆手,说:"不用了,忙你的吧。"

王百万信步走出村子,登上河堤,回头看到自家的深宅大院在镇中央犹如鹤立鸡群,被数千股白色炊烟从四面八方缭绕着,仿佛万千村民对自家供献香烟。这样的家庭只能生出人杰,怎能生出败类?想到此,不觉把几年来压在心头的阴云驱逐干净,出现了空前的欢喜愉快心情。

他放眼东望去,见墨河白冰如玉龙蜿蜒东去,河堤外旷野千里,都是即将返青的好麦苗。一个如磨盘大的红太阳正从冰河上抖抖颤颤爬升出来,河上布满红光,宛若一条即将飞升的赤龙。百万心中肃然起敬,精神如梦,腿脚如踏在云团上,轻捷异常。新鲜的空气与红光像玉液琼浆灌进肺腑,使他周身通泰,宛若再生。正在此时,从那红日的边缘上,传来高亢的嗥叫声。七八匹光灿灿的骡子沿着河边的大道奔驰而来。当头一匹火炭般的红毛大骡子上,猴蹲着一个破衣烂衫的男孩。正是王十千!那些啃饱了麦苗子、喝足了冰河中水的骡子们,在初春的原野里伴随着这个注定要在巴山镇大出风头的王十千撒野!骡子嘶鸣,孩子嗥叫,蹄声嘚嘚,土星四溅,如一阵狂风刮了过去。

待骡群又跑回来时,百万拦在路中央,揪住了红骡的缰绳,其余的骡子四散里走了。红骡收腿不住,往前冲了七步,拽着百万打了几个趔趄。在骡子粗重的喘息声中,父子二人的目光碰在了一起。

现在是十千面对着朝阳,百万背对着朝阳。百万仰视着十千,十千俯视着百万。十千依然蓬头垢面,但那两扇冻得赤红的大耳朵,被阳光一照,竟闪出灿灿的金光,宛若寺庙里古老的法器。如醉如痴地瞻仰着儿子的耳朵,百万深信自己的儿子必定会成大器。

十千看着这个红光满面的老财主,突然感到烦躁不安。母亲的影子模模糊糊地出现在眼前。往常里长工们对他的戏谑也在耳边缭绕:十千,东家是你的爹不是你的爹?他从没把自己的爹跟东家连在一起。现在,一向冷若冰霜的东家抓住了骡子的缰绳。他看着这个嘴唇哆嗦的老头，莫名其妙地感觉到肚子发胀，很想放屁。

"十千，我的亲儿呀！"百万说，"你该念书识字了。"

四

十千的好运气来了。他搬离长工屋，住进大宅院，与百万住在一排房子里；换下了破衣烂衫，穿上了绫罗绸缎；一日三餐与百万同进，山珍海味，大盘大碗，撑得拉肚子。日子过得飞快，由新奇到习惯，乱纷纷，给十千留下一些凌乱印象。据时人的回忆文章讲，十千自己否定这段锦衣玉食的生活，认为是一生耻辱，撮其要者记之：

百万为十千请了一位老秀才做家庭教师。老秀才也姓王，瘦高身材，手指细长，像木柴棍儿，留着长长的指甲，指甲缝里积着紫色的灰垢。穿一件长袍，留山羊胡子，尖下巴，大黄眼珠子。头顶一盔瓜皮小帽，帽顶簇着一团红缨。黄牙，满身烟臭。"人之初，性本善"，"天地玄黄，宇宙洪荒"。写一手好字，悬腕，力透纸背，像石匠握着錾子。先生吃住在书房。一架木床，黄色花椒眼蚊帐。逢节加菜,一壶黄酒。先生狼吞虎咽,一副穷吃相。有人时子曰诗云,无人时大放响屁。还记得老财主托人去保定府,回来说她已病死。她应该是我的娘。大娘肥胖,二娘也肥胖。渐渐清楚在家里的地位,万贯家产继承人,很跋扈地做起了大少爷。蒙眬中有人摸耳朵,是爹。爹吃了酒,满面红光,双手摩挲着我的双耳,嘴里喃喃:"大耳儿,大耳儿,长大当皇帝!"叫爹真别扭。老秀才被辞。进入镇上的新式小学堂。1924年秋。

五

王十千由积善堂的长工老冯送到学堂门口,巴山镇英才小学校长王石清出来迎接。王石清是北京朝阳大学毕业生,老家也是巴山镇。那时他三十出头年纪,留着一分为二的大洋头,头发油光光的,纯正的黑颜色,没有一根杂毛,没有一丝乱毛。紫花布长衫,挽着袖口,露出一段白袖管。脚穿漆皮鞋。用右手食指和中指夹着纸烟。举止谈吐儒雅风流。他的一切都给十千留下深刻印象。老冯对着王石清鞠了一个躬,说:"先生,老东家吩咐我把少东家送来。"

王石清打量着十千,连声说好。

老冯说:"少东家,我回了,放学时我来接。"

十千不耐烦地说:"去吧去吧,别忘了给我的鸟儿喂水。"

老冯弯了腰,说:"少东家放心。"

王石清问:"你就是王百万的儿子?"

十千答道:"是。"

又问:"叫什么?"

"王十千。"

"王十千,你跟我来吧。"

王石清引着王十千,穿过了挂着牌子的学校大门,进了校长室。王石清突然笑起来。十千被他笑得怪紧张,正猜测他笑什么,听到石清说:"你长了两只好大的耳朵。"十千以为他嘲笑自己,心里有些恼怒,直着眼瞪他。石清拍了一下他的头,说:"你知道你长得像谁吗?"十千脱口而答:"我长得像刘备刘玄德刘皇叔!"石清道:"谁教你这么说?"十千道:"俺爹!"石清道:"你爹真是望子成龙哟!"十千道:"我会成龙的。"石清摇摇头,说:"你像不像刘备刘玄德我不知道,但你像一个人,真是太像了。"十千问:"我像谁?"王石清说:"以后你就知道了。"他领着十千到了隔壁教员办公室,把十千介绍给教员们,并说:"好好照应,王百万老先生捐给学校一笔不小的钱呢!"

听到爹为学校捐了钱,十千感到很得意。

英才小学堂只有四个教员。校长王石清教国文、历史。陈克正陈先生教算术。陈先生是潍县人,穿长制服,不抽烟,留寸头,二十七八岁的样子。谷正言谷先生教地理,谷先生四十多岁,诸城城里人。还有一位穿黑裙白褂白胶鞋的姚惠姚小姐姚先生教英文,姚先生圆脸圆下巴,丹凤眼短头发,脸白手也白,二十出头年纪,青岛人。四位教员里数姚小姐留给十千印象最深。十千被百万拘在大宅子里跟那个臭气熏天的老秀才伴了两年,乍一出来,见了这些人物,感到新鲜异常,尤其是姚小姐这种装束打扮的女性,更让十千眼界大开。他听到校长称姚小姐为"密丝姚"。

小学堂招了四十八名学生,有富家子弟也有贫家子弟。当天上午即上了一课,上课前校长摇响一个像成人拳头那么大的黄铜铃铛。铃声清脆悦耳。

第一课由校长王石清上。他站在黑板前,先给台下这帮小孩子鞠了一个躬,然后用很好听的京腔说:"同学们,咱们认识一下。"然后他在黑板上写了自己的名字。三个字写得很大,用粉笔写的。接下来点名。点着谁的名谁站起，李发贵、王阿狗等。点到十千时，他站了起来，他听到孩子们在后边哧哧地笑。他回头，笑声更烈。猛然省悟，知道同学们在笑自己的耳朵，他顿时感到双耳沉重异常，把脖子都压搐了。他自然想到了父亲对这两只耳朵的厚爱，想起刘玄德。大声吼叫："等我当了皇帝，灭你们的九族！"

"大耳朵！大耳朵！大耳朵！"

"同学们，不要吵闹！"王石清平息了吵闹，说，"男子汉不在乎生着什么相貌，关键要看有没有学问，有没有本事。王十千同学有两只大耳朵，咱们山东省里，还有一个生着两只大耳朵的人。这个人才华出众，胆识超人，他是中国共产党的创建人之一，去过俄罗斯，见过大世面，会写文章会演说，是咱山东的人杰也是咱中华的人杰。如果他来了，同学们会嘲笑他的大耳朵吗？"

"不会！"

"那么，希望大家也不要嘲笑王十千。"

"他不是人杰呀！"

"只要努力，他会成为人杰的；只要努力，你们都会成为人杰的。"

六

第一天上学十千先恼后喜。小学堂给他留下了十分美好的印象。放学时王石清与三位教员一起,站在校门口,礼貌地送众学童回家,像送客人一样。老冯看样子早就在门口等候了,见了十千,鞠了一个躬,道:"少东家学堂念书辛苦。"十千看到同学们在看自己,联想到耳朵与人杰、东家与长工的关系,不由得洋洋得意,说:"老冯,跪下,驮着我!"老冯立即跪下,让十千骑到自己的脖子上,嘴里叨咕着:"少东家坐稳,少东家坐稳呵。"老冯毕竟有些年纪了,脖子上骑着个十几岁顽童,站立时有些吃力。十千用只手抓着老冯的头发,用两只脚后跟磕打着老冯的胸脯,嘴里说:"嘚儿驾——老马快跑!"老冯十分听话地跑起来,跑得呼哧呼哧喘粗气。骑在老冯脖子上,十千故意不回头,他知道教师和同学们都在看着自己,心中愈发得意起来。

吃饭时百万向十千问起学堂里的情况,十千高兴地说:"爹,老师夸我的耳朵长得好哩!"

百万喜欢得把眼睛眯成两条缝,追根刨底地问老师是怎样夸奖的。十千便添油加醋地把王石清的话复述了一遍。百万捋着胡须沉吟着说:"我怎么不知道山东有这么个人杰呢?老冯备上骡子,下午进城,去打听打听。"

七

英文课,挺新鲜。几十个男孩子怪腔怪调,把教室变成了池塘。满池塘蛤蟆叫。新来的校友兼炊事员老何摇响了下课铃。姚先生宣布下课。憋了一小时的顽童们箭一般往外射。十千也跟着往外射。不知谁在后边推了他一把,使他的脑门接触了姚先生柔软的腰部。他感到脑门上痒酥酥的,不由得龇着牙抬头看姚先生。姚先生的脸皮像成熟的桃子一样,粉红颜色,一层细细的白茸毛。这个龇着牙咧着嘴高擎着大耳朵的男孩让她心头一怔,随即又感到他滑稽古怪还有几分可爱。她不由得把手伸出去,用食指和拇指捻了一下他的耳朵。这一捻令十千终生难忘。这一捻甚至决定了十千一生的命运。当然这是我的一家之言。那些写文章回忆王十千的老先生们提到过姚先生,说她喜欢捏十千的耳朵。

前两堂国文课上,王石清讲了些"共产""革命"之类的东西,十千似懂非懂。还有什么"苏维埃""布尔什维克",十千也是似懂非懂。那些穷家孩子可能天生具有革命基质,听了王石清的鼓动宣传后,立即进行实践。英文课后,孩子们挤到厕所里小解,哗哗哗,一阵好响。十千也在其中。完事后,一声暗号,十几个孩子一拥而上,把十千摁在尿泥里,给了他一顿布尔什维克式的革命拳脚,革命成功后,一哄而散,剩下十千一个人趴在尿泥里痛苦思索。他不明白同学们为什么揍他。

英文课后是谷先生的地理。讲了五分钟名山大川后谷先生才发现少了一个人,立刻知道少了谁。谷先生问:"王十千呢?王十千呢?"顽童们低头不语。谷先生手持教鞭拷问生着一张马脸的学生聂高寿。聂高寿家里穷,穿得破,对富家子天生有仇。谷先生家里是地主,心有灵犀,一眼就看出了谁是阶级敌人。他抽了聂高寿一教鞭,问:"说,王十千呢?"聂高寿是无产阶级的软骨头,一鞭就招供:"在厕所里,不是我一个人干的!""他在厕所里干什么?"谷先生问。"我们革了他的命……"聂高寿说。谷先生脸白如纸,扭出教室,花着腔喊:"不好了,校长哟,出了人命啦!"

王石清和陈先生、姚先生都跑出来,齐问究竟。谷先生说:"王十千被这帮小子在厕所里革了命了。"一听，都紧着往厕所跑。

厕所在教室后边，借着围墙用玉米秸夹成的障子，露着天，就地挖一个坑就是。男孩不规矩，都喜欢往障子上滋，玉米秸子全都湿了半截，有股臊气。十千脸朝下趴在尿泥里，一动不动，好像死了一样。教员们都"啊"起来，姚惠姚先生"啊"得最响亮，四个人你一把我一把地将十千扶起来，石清伸手摸摸十千鼻孔，万分庆幸地说："还喘气，没死！"四个人把十千抬到教员办公室里，平放到办公桌上。姚先生打来一盆水，用自己的手巾沾着水擦十千脸上的泥。其时十千已经清醒，脸上感觉到极端地舒适温柔，从眼缝里看到姚先生那张月宫仙子般的美丽脸庞，幸福得直想哭泣。待到姚先生为他擦洗耳朵时，仿佛天翻地覆，死去活来，热泪滚滚而出。

"太不像话了，一定要惩罚这些穷小子。"谷先生拍着桌子说。

王石清扶十千从桌子上下来，问："十千，你感觉怎么样？"

十千双眼发直，盯着姚先生，两扇大耳朵红如鸡冠，颤颤抖嗦，宛若两只站在架上耸动着周身羽毛等待喂食的鸟儿。

姚先生被他这两只耳朵吸引住了,脸上出现了痴痴迷迷的神情。

陈先生轻拍了一下姚先生的肩头,不无嘲讽地问:"姚先生在观看什么庄严法相?"

姚先生从痴迷中醒来,有点不好意思,说:"密斯特陈,你看他那两只耳朵,简直不可思议。"

而这时,没有了姚先生的关注,十千的耳朵突然失去了神气,像两只斗累的公鸡。

王石清说:"根据达尔文的理论,这可能是一种返祖现象。"

姚先生道:"不对不对,猿类的耳朵是很萎缩的,哪似他的这般生机勃勃?"

谷先生说:"还是讨论讨论怎么去向柏园先生交代吧!没了他的支援,咱这学校立即就垮。"

王石清道:"好,好,王十千,你挨打的事,我们马上就调查,对打人者一定严肃惩处,希望你能暂时不告诉王老先生,免他生气。"

十千肉体上虽然有痛苦,但因挨了打而得到了姚先生的抚爱,并且使自己的耳朵有了一次表现机会,所以很痛快地说:"我愿意保守秘密。"

八

　　星期六下午,石清把十千叫到自己的办公室兼宿舍。他让十千坐在凳子上,倒了一碗水给他。十千说不渴。石清又从抽屉里摸出两块用花花纸包着的硬糖块,说:"这是日本糖果,姚老师从青岛带来的。"十千也礼貌彬彬地说:"谢谢校长。"然后小心翼翼地剥掉糖纸,将糖块放在嘴里含着融化,一股酸甜的味道刺激得唾液大量分泌。他打量着房子里简单的陈设:一张三抽桌,两把方凳。一张木架子床,一把用棉絮和蒲草套着的茶壶,四个碗。三抽桌上摆着笔砚之类,桌前墙上挂着一张肖像画,画上的人胡须茂盛,头发卷曲,像个老狮子模样。石清见十千对着那张画像出神,便问:"十千,你知道这个人是谁吗?"十千摇摇头,表示不知道。石清道:"这个人就是全世界穷人的总头领,德意志人麦喀士。"十千大睁着双眼,不知所云地点点头。石清见他如此,便简短截说地把一些革命道理与实践告诉他,十千听得十分神往。

　　石清又道:"十千,知道同学们为什么要揍你吗?"

　　十千道:"因为我的耳朵。我的耳朵比他们大,他们嫉妒我。"

石清大笑起来,说:"错到哪里去了!耳朵大并不是优点呀。"

"您不是说大耳朵可以成人杰吗?"十千道。

石清笑着说:"我什么时候说大耳朵就可以成为人杰,我是说我们山东省有一个人杰生着大耳朵,你长得跟他很相像。"

十千脸上显出失望的神情。

"当然,你可以成为人杰,"石清说,"我让你见见这个人的字。"

石清从枕头下抽出一封信,抖开信笺,让十千看那人行云流水般的秀丽字迹。接着又告诉十千,此人名叫赵赤州,是诸城人。

十千忽然问:"先生,您是不是布尔什维克?"

石清道:"你看我像吗?"

十千说:"我看您像。"

石清道:"你看像就是。"

十千又问:"姚先生也像布尔什维克。"

石清没有肯定也没有否定,微笑着说:"十千,我告诉你同学们为什么要揍你——他们恨你摆大少爷架子,骑在长工头上作威作福。要知道,人是平等的。"

十千说:"他是我爹花钱雇来的,我当然可以骑他。"

石清说:"你爹的钱是哪里来的?是你爹亲手劳动挣来的吗?"

十千说:"我爹有土地、有店铺、有烧酒锅。"

石清道:"你还小,渐渐会明白,你爹的财富是剥削来的,布尔什维克的最终目的就是要消灭剥削,把土地、财产从地主手里夺回来,还给穷人。"

十千说:"那我爹不会答应的。"

石清说:"这就要搞阶级斗争。"

十千说:"什么阶级斗争?"

石清说:"就是穷人和富人斗争呀。"

十千说:"那聂高寿、赵阿四他们打我就是阶级斗争了?"

石清道:"事情没那么简单。但是我告诉你,将来的世界必定是赤旗的世界,天下也是布尔什维克的。你如想做人杰,就必须和布尔什维克站在一起。"

十千说:"那个大耳朵的人杰家里有钱吗?"

石清道:"他家里钱不多,但很多人杰家里钱很多,他们把家里的钱拿出来,分给穷人。"

十千说:"要是不拿呢?"

石清道:"早拿的成人杰,晚拿的丢脑袋。"

十千说:"我当然想跟那个大耳朵叔叔一样,成为人杰。"

石清道:"事情不那么简单,要慢慢来。我这里有一些书,借你回去看。"

据说,王石清借给王十千的书是《共产党宣言》和《赤色的俄罗斯》。

十千接了书,鞠了一躬,说:"谢谢先生!"

石清捏了一下他的耳朵,说:"爱护着看,千万别弄丢了。"

十千耳朵被捏,又感到幸福袭来,但这感觉比不上姚先生捏耳朵时的感觉强烈。

九

十千心里渐渐浓厚了对王先生和姚先生的感情。他看完了王先生借给的书,又从姚先生处借了几本。姚先生还笑着说过:"你快成了少年布尔什维克了!"

先生们的厚爱,使十千心里温暖,他觉得应该想法为先生们干点什么。八月中秋节,家里来送礼的人络绎不绝,月饼、活鸡之类成堆成群。十千跟百万说:"爹,这么多东西,咱又吃不了,何不送些给学校的先生?"

百万打量着儿子,问:"先生们怎么样?"

十千说:"非常好,对我格外好!"

百万说:"哼,他们不敢不对你好,我捐了二百大洋!"

十千说:"你答应了?爹。"

百万说:"好吧,让老冯打点一下送去。"

十千说:"不用老冯,我自己去送。"

百万说:"也好。"

十千拣了十几封月饼、四只肥鸡,背到学校去。先生们自然很高兴。王石清问是谁让送的。十千说是爹让送的。谷先生说柏园前辈真是一方贤士。陈先生说王老先生是开明士绅。姚先生说十千你爹还挺大方。王先生说:"十千回去代我们谢谢王老先生。"

姚先生捏着十千的耳朵说:"大耳朵,你越来越可爱了!"

十千的耳朵欢欣跳跃,颜色变化迅速。

十

在1924年至1927年间,姚先生捏过十千耳朵不下十五次，每一次都让十千感动。为了得到这幸福，十千跟百万要钱资助学校。起初，百万还勉强答应，后来就坚决拒绝。这使十千丧失了耳朵挨捏的机会，百万因此变成十千获得幸福的障碍。

1926年冬，国民革命军在广州誓师北伐，革命浪潮滚滚北上，一时举国兴奋，巴山镇也不例外。英才小学堂的教师多系新派人物、热血青年，校长王石清又是共产党，所以，小学堂成了巴山镇革命空气最浓厚的地方。

先是校长王石清召集全校大会（此时学校已有一百二十多名学生，并新聘了四名教员），动员全校师生上街宣传、募捐、声援北伐。小孩子们听说可以不上课，上街游行，个个欢呼雀跃，十千也不例外。

在巴山镇范围内闹腾了几天，反应不大，王石清去了一趟县城，回来后便说要与县中和县里几所小学联合行动，逐乡逐镇宣传，以唤起民众、声援北伐。为了整齐好看，提高英才小学在全县的地位，姚先生提议学校购置洋鼓铜号，成立军乐队，并买布制作统一校服、校旗、彩旗等。大家都说主意甚好，但校长王石清说学校没钱。初步匡算一下，要实现姚先生的设想，需要现大洋三百元。三百元大洋可不是小数目。有人建议募捐，但根据前一段募捐的情况看,在男人还有留小辫、女人还在缠小脚的巴山镇要募捐得此数目大洋是不可能的。

十千马上就知道了姚先生这流产了的绝好建议。耳朵的渴望、成人杰的梦想、布尔什维克的召唤使他飞跑回家找爹。

其时百万正在柜房里与账房先生范大傻子算账。十千闯进柜房,气吁吁地说:"爹,给我三百块大洋!"

范大傻子停住算盘,恭敬地说:"少爷!"

十千冲着百万又道:"爹,给我三百现大洋!"

百万扶扶老花镜,道:"你要这么多钱干什么?"

十千把事情原委说了一遍,百万严厉地说:"不行,为这个学校,我出血够多了。"

十千力争道:"这是为了革命!"

百万道:"革什么命?三百现大洋,好大的口气!"

十千道:"你不拿就是劣绅!"

百万愤怒地说:"你给我滚出去!"

十千含着两眼热泪跑出账房。在街上转悠了一圈,想到如能拿到大洋,姚先生必定会高兴地跳起来,会拍着自己的头顶、扯着自己的耳朵夸奖自己,等等诸般情景,不由得心跳如鼓,心驰神往。树上乌鸦啼叫,把他从幻想中唤醒,百万狰狞的面貌浮现眼前。钱是决计要不到了。同班一男孩正从街上担水回来,见他眼睛里有泪,便问:"王十千,哭什么?"他擦着眼,说:"谁哭啦?被沙子迷了。"那同学被两桶水压得肩膀倾斜,双腿罗圈,顾不上跟他多说,挑着水歪歪斜斜走了。

十千怕再碰到熟人,便无精打采地回到大宅院里去。过了二门,隔着花棂子窗,听到百万正在对大娘发火骂人,听来听去,竟是骂自己的。大娘不但不劝解,反而添油加醋地说:"我早就说过,这个败家子不像你的骨血。查查咱王家十八辈,哪一个是这副长相?"十千听罢,心中怒火万丈,正要进去跟大娘理论,又听到二娘帮腔道:"准是那个骚狐狸趁老爷不在跑出去招的野种!"接着,屋里啪啪两声响,是巴掌拍到桌子上的声音,只听到百万吼道:"闭了你们的臭嘴!"十千怕被他们发现,便蹑手蹑脚回到自己的房中去。

吃饭时,大娘二娘板着脸,百万也板着脸,十千心里不痛快,也板着脸。胡乱吃了几口,放下筷子要走,百万喊住他,说:"十千,我送你去学堂,是让你去学本事,将来好支撑家业,那些党派的事,你离着远点。我去县里打听过,那个大耳朵的赵赤州是个共产党,整日价南跑北窜,不干正事,把家里折腾得吃糠,你不要去学他。"

十千道:"我们校长、姚先生都说他了不起,有大本事。"

百万道:"那他们也不是好东西。"

十千感到怒火从心底升起来,想:爹诋毁了大耳朵赵赤州,等于否定了我,也否定了我的耳朵,否定了我的耳朵就等于否定了我的一切。于是他说:"等北伐军来了,砍你们的头!"说完,转身就走。

第二天去学校,见到姚先生愁眉苦脸的样子,十千感到心中非常难过,便想方设法凑近姚先生,心乱如麻地说:"先生,你别难过……"

姚先生习惯地捏捏他的耳朵,说:"十千,我家里像你家里那么有钱就好了!"

她捏着十千的耳朵说的这句话在十千的心中激起了万顷波浪,姚先生呵姚先生……姚先生……至亲的姚先生……无法言表的姚先生……为了你,十千什么也不顾了……爹不给钱,我就偷!

是夜,十千潜入爹的卧房,解下了爹腰上的铜钥匙,开启了爹床底下的檀木柜子,提出了两只装满大洋的白羊皮袋子。他不敢点数,咬牙屏气,控制着喘气和哆嗦,把柜子锁好,把钥匙拴回,然后提着口袋溜走。回到自己的房子,不敢点灯,松开袋口,伸手触摸着那圆圆硬硬的东西,竟如触摸冰块一样,寒气沿指尖上升,连半条胳膊都僵硬了。他盘算着如何把这些银洋带到学校去。连夜出去?大门二门关闭,大门旁耳房里还有值夜的长工,一开门必定惊动家里人。爬墙出去?狗窝里那两条忠心耿耿的大狗会狂吠不止,墙高丈余,自己也爬不上去。只有等明天上学时,装在书包里夹带出去。抱着两袋大洋,他又惊又怕,难以入眠,尽管门上闩已插,还是感觉到爹随时都会推门进来。天未亮时,他把书包里的书本拿出一部分,塞到褥子底下,把大洋装在书包中央、然后把书包放到枕头旁,又挪到桌子上,再挪到窗台上,重新挪到桌子上,再次放到枕头旁。反复折腾,竟然抱着书包睡着。丫鬟的敲门声差点把他吓死,连说话的声音都变了调,抱着书包的他像一只被狼逼住了的羊,说:"谁……谁……"那丫鬟道:"少爷,是我。"听出了丫鬟的声音,他问:"找我干什么?"丫鬟道:"老爷和太太等少爷吃饭。"他说:"我不吃了!我不吃了!"话一出口,立即觉得不妥,忙改口道:"我马上就去!"急忙把书包用被子蒙好,开了门,胆战心惊地挪到正厅门口,腿发软眼发花,拧拧大腿,咬咬嘴唇,推门进去,见到几张脸都冷若冰霜,好像要审讯犯人一样,不由得头晕目眩,眼睛不能视物,默念着姚先生给我力量,勉强支撑住,见爹与大娘二娘都盯着自己,心里更加害怕。战抖抖的屁股刚要沾板凳,听到爹说:"好啊,你真出息了!"十千猛然挺直身,冷汗顿时满头满脸,心里好一片灰白,又听到爹说:"古人云'黎明即起,洒扫庭院',你可好,连吃饭都要人请!"十千心中一块石头落地,心像欢娱的小鸟一样跳跃,口中却说:"爹,是我不对,我一定改过!"

吃饭时,十千故意说笑,显出轻松活泼的样子,脸上的冷汗却擦了又冒,惹得百万生疑,问:"你就那么热?"

十千说夜里伤了风,搪塞过去。

吃罢饭,他恨不得一步蹿到学校,但百万却又留住他,教训了半天,十千心里如火燎,却必须装出恭顺的样子,嘴里连声诺诺。

总算熬得百万施教完毕,十千回到房中,背上沉甸甸的书包,左看也觉得书包变了样,右看也觉得书包里有大洋,踌躇蹰蹰,不敢出门。后来把意识集中到姚先生那张明丽动人的脸上,咬牙切齿,做出轻松自然状,走完自房间至二门、自二门至大门这段路。这段不足十丈的距离,在十千的感觉里竟好像数万丈长。他感到爹那两只黑森森的眼睛正像枪口一样瞄着自己。

十一

巴山镇英才小学的队伍赶到县城边缘时,已是太阳东南晌光景。四十里路的跋涉,使学生和先生都疲惫不堪。校长让教体操的黄先生把队伍吆到城墙根避风处歇息歇息。黄先生将一只用硬纸壳糊成的喇叭筒子按到嘴上,喊道:"各班注意——校长指示——城墙根休息——"

校长对黄先生说:"让大家吃点干粮,整齐衣冠。"

黄先生又喊:"吃点干粮——整齐衣冠——"

十千与众学生蜂拥到城墙边。

天上追逐奔驰着一些极大极厚的灰白云团。只要有一块云团遮了太阳,立刻就有雪花飘下。风是东北风,阴冷、峭劲。太阳时出时没,天空时晴时阴。

靠在墙根上,十千感到在路上被冻僵的耳朵渐渐缓过热来,一道道细如游丝的热在耳轮上爬行,又痒又麻又痛,难过得他想哭。他已经有两个冬天不戴帽子了——偶尔戴戴单帽,从不戴能放下耳扇保护耳朵的棉帽——学生们掏出干粮,没有水,就着风雪干啃。十千的干粮在姚先生的袋子里。姚先生走过来。她穿着浅蓝色薄棉袍，外套一件开胸毛坎肩，脖子上围一条又厚又长的白色大围巾。齐着肩膀的黑发，额上梳出一帘薄发，齐着眉毛。她的脸蛋赤红，嘴里喷吐着洁白的雾气，鼻子上挂着晶亮的小汗珠儿。在十千眼里，此时的姚先生是无处不佳，胜过了世上最美的风景。

"十千，吃点干粮！"她从花布包里摸出一个夹肉烧饼。

十千眼睛潮潮地看着她。

"你怎么了？"她问。

"我……我的耳朵……"泪水盈满了十千的眼睛。这时恰逢云过日出，明丽的阳光下，十千那两只耳朵红得好像燃烧的火，显得格外娇娆。一个眼尖的女学生（英才小学招了十几个女生）惊喜地喊道："快看王十千的耳朵呀！"

同学们、先生们把目光集中到王十千耳朵上，不由得都忘记了咀嚼口中的干粮。真是好耳朵！全世界也难见到这么美丽、这么出色、这么骄傲的耳朵。这样红的耳朵。这样大的耳朵。这样感情丰富的耳朵。十千的耳朵令他们赞叹不已。

十千听到姚先生轻轻地呻吟了一声。那呻吟声极细、极微弱，是姚先生灵魂深处的呻吟，但十千还是听到了。紧接着,姚先生手中的夹肉烧饼落地,滚到结着冰的壕沟里。姚先生伸出手。姚先生伸出那两只白皙的、胖乎乎的小手,轻轻地捂住了十千的大耳朵。自然是右手捂住左耳,左手捂住右耳。两股热流冲击,十千全身的骨头都像雪一样化了。他瞳孔扩大,口出怪声,一股热乎乎的东西从那个初生羽毛的小东西中滑出来。当然,旁观者谁也没有想到这一层。他们只是看到,姚先生的小手捂着十千的大耳朵,像一手捂着一只大鸟,捂不严实,露出了耳轮的耳垂。十千的耳朵在姚先生手里并不老实,它们扑扑棱棱地抖动着,刺激着姚先生的神经。姚先生已是发育成熟的姑娘,她以往捏十千的耳朵、看十千的耳朵,只是感到好玩、感到好看,包括十几天前十千送来四百大洋时她兴奋地吻了他的耳轮,也不过在好玩好看的基础上加了一点感激之情。但这次大不相同,这次那只鲜红的、挺立着、颤动着的大耳朵向她传达着一种强烈的情爱信号,使她心醉神迷难以自持。握着、揉搓着大耳朵时,温馨的热流从她口中喷出,她感到心中充满激情,充满柔情,充满无限的怜爱之情。

又有一大团厚重的灰云把瘦弱的太阳吞没了,随即又斜斜地落下雪花来。王石清告诉黄先生:"整齐队伍,奏乐进城,呐喊口号。"

黄先生匆忙清清喉咙,举起喇叭筒子喊:"整齐队伍——奏乐进城——呐喊口号——唤起民众——支援北伐——"

太阳一进云团,姚先生就松开了手。十千的两件珍宝顿时垂头丧气,失去了光彩。姚先生在光线阴暗时心头一震,省悟到自己的失态,脸皮一红,说:"十千坚强点,耳朵冷点不值得流泪。"

十千怔怔地望着姚先生,像丢了魂魄。

学生乱纷纷重排队伍,整理身上新做的校服。军乐队的鼓手们把吊鼓绳套在脖子上,戴好白手套。号手们甩甩号,擦擦号嘴。钹手把钹鼻上的红绸带挽到腕上。十千敲鼓不会,吹号不响,打钹手酸,只好举着一面红色小纸旗。校长走过来关切地问:"怎么样十千?耳朵冻坏了?"

十千六神归位,说:"没有。"

校长解下围巾,想把十千的耳朵包起来,十千坚决不让。校长笑了笑说:"就凭着这两只红耳朵,也要让你参加布尔什维克!好,跟上队伍,用力呼口号。"

十千点头。

校长重重地拍了一下他的肩头,说:"这次游行宣传你立了大功劳!"

十千知道校长是指那两口袋大洋的事,在高兴的同时,心头不由得升起阴云。那天他把大洋背到学校后,直奔姚先生宿舍。姚先生上午没课,在宿舍里洗头。刚洗完,披散着头发,上身穿一件单衬衫,高挽着袖子,衣领怕弄湿、窝在脖子里,露着光滑的白脖颈和两节肉滚滚的胳膊,左腕上还套着一只绿玛瑙镯子,胸上露着一点白,两个小乳宛如两个小馒头。十千把这些看在眼里,只感到醉晕晕的,虽说没有什么私心杂念,但也把大洋的事忘了,双眼忍不住地往姚先生身上瞅。

姚先生道:"十千,你干什么?有什么事闯来?"

十千一惊,慌忙打开书包,把两口袋大洋提出来,沉甸甸地捧到姚先生面前。说:"大洋。"姚先生吓了一跳,接过口袋,问:"哪弄来这么多大洋?"十千说:"俺爹捐献的。"姚先生解开袋口、抓得大洋哗哗响,说:"多少?"十千也不知道数目,说:"俺爹没说。"姚先生放下口袋,拍着巴掌说:"好极了好极了,我的计划可以实现了!"然后,抱着十千的头,在他的两个耳朵上各吻了一口。她湿漉的头发和香香的脸让十千终生难忘。

姚先生拉着十千去见校长。听说了原委,石清也兴奋异常,搓着手,来回踱,嘴里说:"开明绅士,开明绅士。"石清拉着十千的手,说:"十千,我们要向你父亲当面道谢去!"十千慌忙说:"别去别去!俺爹到县城店铺里算账去了。"十千一个谎竟撒中了,百万竟真的在第二天去了县城……

千万别让我爹知道呵,十千想。

队伍穿过城门的高大穹隆,从一条小巷子斜插过去,三五分钟后,便到了店铺鳞次的繁华街道。十千初次进城,处处新鲜,眼睛有些不够用。听到前头传令下来:不许东张西望,要像平时操练那样,挺胸收腹,目不斜视。这时听到哨子响:嚯、嚯、嚯嚯嚯。嚯、嚯、嚯嚯嚯。十千的脚步不由自主地跟着哨子的节奏走。大鼓突然敲响,小鼓、铜钹随即跟上,嘭、嘭嘭嘭嚓!嘭嘭嘭嘭嘭嚓!嘭嘭嚓、嘭嘭嚓、嘭嘭嘭嘭嘭嚓!稍一停顿,号手一齐把金光灿灿的铜号举起来,指挥把彩棍一扬,铜号齐鸣:嘀哒嘀哒嘀嘀哒、嘀嘀哒嘀哒……嘭嘭嚓嘀嘀哒嘭嚓嘭嚓嘀嘀哒……十千被这昂扬的军乐感染,周身热血澎湃,暂时忘掉了怕被父亲看见的恐惧。军乐队演奏了十分钟,暂时休歇。姚先生手持一面小红旗,站在队伍的腰部,举起持旗的手,面对着队伍也面对着十千,高声喊道:"打倒军阀!"十千也举起小旗,学生们齐举小旗,大声呐喊:"打倒军阀!"姚先生喊:"打倒列强!"学生喊:"打倒列强!""北伐胜利!""北伐胜利!"……好一阵呐喊,嗓子累得冒了烟。姚先生嗓音清脆,宛若银铃。然后唱歌:"打倒列强打倒列强除军阀除军阀——国民革命成功国民革命成功齐欢唱齐欢唱——"军乐又起,嘭嚓嚓、嘀嘀哒。整齐的队伍,崭新的校服,热情的呼号。太阳依然出出进进,青石板道上飞快滑行着巨大的云影。观者如堵。豆角辫遗老撇嘴。三寸金莲惊诧。长袍马褂冷眼。洋服革履扬威挥舞司提克。黑衣警察默立。青天白日生辉。杏花村酒香。福源钱庄铜臭。孙记货栈冷静。县党部燥热。一色青石板路啪啪响。队伍热热闹闹,穿过沧湾街,越过龙王庙,望见超然亭,又窥夫子庙……一行迤逦,摇旗呐喊,到达南校场,与县立中学、茂华学堂、省立四师范等等诸校学生会齐,开声援北伐全县学界誓师大会。一个用松木杆子苇席扎起的演讲台,台前挂着红布条幅,上缀白色大字。全县学生千余人,观者逾万,有点冷,僵立不动。县党部执行委员余某上台演讲。余身着黑制服,头戴黑礼帽,黑脸膛,左眼周围一圈带毛黑痣,精瘦,站在台上手舞足蹈,嗓音尖锐。演讲声嘶力竭,慷慨激昂,内容记不住,只记得赢来阵阵掌声。后来各界代表轮流上台演讲。共产党代表也上了台。国共合作。姚先生是上台演讲的唯一女性,仪态端庄,举止大方,言辞流畅,台下傻了一片人,最傻了的当属十千。每逢太阳露脸,台上的姚先生便皎洁如冰雕玉琢。于是,十千便暗暗祈求太阳不要被云团遮住,云团不要遮住太阳。有时似乎灵验,有时根本不灵。

誓师大会后又沿街游行,英才小学堂的师生经过长途跋涉,僵立半天,冻饿交加,此时已是萎靡不振,校长传令大家拼出最后的精神,为英才争光。姚先生指挥歌唱鼓舞士气。

此次来县游行,英才小学服装整齐,军乐仪仗威风,确是大大出了风头,令县城里人大开了眼界。当日的威风今日还在流传。这全仗了十千盗出的四百元大洋。

队伍走到沧湾对面的斜街上时,"积善绸布庄"里窜出了百万。他从人堆里准确地拧住了十千的招风耳,说:"小杂种,你给我回去!"

十二

在绸布庄的后堂里,十千就挨了百万两个结结实实的耳光。十千被扇得双耳里蜂鸣，但没有哭。他心中充满对这个老财主的仇恨。使他仇恨老财主的一个重要原因是老财主在众目睽睽之下揪住了他宝贵的大耳朵，并且，老财主还侮辱了上来劝解的王校长和姚先生，当然侮辱了姚先生比侮辱了王校长更使他愤怒。老财主骂姚先生是"臭婊子"。

百万将十千倒剪了双手装在一辆黑色花格子木轮车上往巴山镇驶去，车子由两匹健骡拉着，跑得飞快。这是百万的专车。百万骑着一匹红骡，跟在车后小跑。

十千其时是十五岁左右年纪，已具备了独立思考问题的能力。他坐在车上，起初很麻木，后来想到跳车逃跑。车子颠颠地往巴山镇窜，路旁的萧条景色在车厢格子里滑进滑出，结果使他想跳车逃跑的念头也在脑子里滑进滑出。

回到巴山镇，已是掌灯时分，百万又是拧着他的耳朵把他拧到当年开汤饼会的客厅里，把他拴在一根柱子上，然后出去，寻来一根马鞭、一块破布，先堵了十千的嘴，然后抡起鞭子，劈头盖脸一顿好抽，抽得十千血流满面。百万掷鞭于地，倒退两步，跌到一张太师椅子里喘息。

大娘和二娘闻讯赶来，戳着十千的额头骂。

十千周身疼痛，泪水涌流，身体不由自主地扭动。

老财主上来，拽出十千嘴中的破布，问："杂种，你还敢不敢了？"

十千大口喘着气，顾不上回答。

大娘说："老爷，快把这个败家的妖精弄死吧，要不然，咱都要毁在他手里！"

二娘说："老爷，他压根就不是咱王家的子孙，不知是何方冤鬼来投胎败咱的家业。"

昔日那个白日梦一定又清晰地出现在百万眼前。细一打量，眼前这家伙与那个叫花子竟是一模一样。百万哆嗦着，从一根手杖里拔出锥刀来，举起白森森一条寒光，说："孽障，不是我毁了你就是你毁了我，与其等你毁我，不如让我先毁了你吧！"

十千眼前一黑，哭叫一声："爹——亲爹——我再也不敢了——"

伸到十千胸口的利刃停住了，百万抖颤起来。

十千又道："爹呀，你杀了我，谁给你养老送终？"

十千这句话击中了百万的要害。他垂下胳膊，扔掉刀，突然老泪纵横，上前抱住十千的头，哭着说："大耳儿呀大耳儿，你改过就好。爹辛苦一生，挣下这份家业，早晚都是你的，有钱人敬你，没钱狗咬你，儿呵，你要好好守住啊……"

十千感到百万那两只揉着自己耳朵的手又凉又腻,像十条小蛇在蠕动,极度的反感使他浑身起了一层寒栗,但双手被捆,无法摆脱。大娘二娘哭着说:"十千啊十千,俺是恨铁不成钢才说了那些狠话,娘是为你好啊……"

十三

十千回到学校,俨然成了英雄。同学们尊重,先生们夸奖,但十千并不幸福,因为,姚先生再也不抚摸他的耳朵了。

走到池塘边,十千把头伸出去,在如镜的水面上研究自己的耳朵。走到水井边,十千把头伸出去,在幽深的水面上观察自己的耳朵。在新买来的小镜子里,十千端详自己的耳朵。有时他觉得自己耳朵没变,还是像从前那样生动美丽;有时他觉得自己的耳朵变了,变得苍白、单薄、无精打采、丑陋不堪,像两只猪耳朵,像两只驴耳朵,像两块破布,两块破皮子,两只悬挂着的破鞋子。他伤心地哭了,他感到一切都完了,再也活不下去了。

一转眼到了1928年,十千的精神状态没有丝毫好转。学堂还是天天去,但什么东西也学不进去。

一件偶然的事情使十千受到了启发：巴山镇来了一个野戏班子，在王家祠堂唱戏，戏子们脸上抹着很重的颜色，耳朵显得特别白。十千反其道而行之，第二天上学时，就用颜色把双耳涂成了鲜红。走在去学堂的路上，人们都指指点点地说笑。十千对人们的议论感到满意。他高擎着因涂了红色而重新引人注目的耳朵跑进学校，躲在厕所里装出恭。一直等到上课铜铃摇过之后，他才出来。他知道第一堂课是姚先生的英文。为了强化效果，他看到姚先生挟着课本走进教室之后，才一步步挪近门口。他在门口大声报告，吸引了全体同学和姚先生的目光，然后昂着头，运着全部的精神，让双耳翩翩欲飞。这时他并没有忘记观察姚先生，他看到了姚先生的满脸惊愕之色，似乎还听到了从她的胸腔里迸发出来的那种细如蛛丝的呻吟之声。泪水顿时迷蒙了他的双眼。他的心在欢呼雀跃。他的两扇血红的大耳朵真正地舞动起来，他自己都能看到它们扇动起舞的血红英姿。

他初进教室时，同学们先是一愣，然后突然爆发了哄堂的大笑。当他的耳朵跳起神奇又古怪的舞蹈时，笑声却戛然而止。孩子们吃惊地注视着这空前的景象，个个聚精会神，呆若木鸡。时至今日，当日目睹了这奇景的幸存者都已是耄耋老翁，他们也许把一生经历中的许多事情都忘记了，但却忘记不了这美妙无比的耳朵舞。

十千在他的座位上坐好，耳朵继续猖狂表演了几分钟，便渐渐安静下来。只有那两个耳垂和耳轮顶部还偶尔跳动几下，很像进入休息状态的鸟儿挪动一下脚爪或者用嘴巴啄理一下羽毛。

姚先生脸色煞白，只剩下双唇还有点血色。十千听到她牙齿紧紧咬住嘴唇的声音。她用没有血色的手拿起课本（她的血都到哪里去了呢？十千想）说："现在……"她的嗓子哽住了。她抬起头来，眼前立刻又飞舞起红色的耳朵。随即，全体学生都看到，姚先生夹起课本，呜咽着跑出教室。

姚先生的跑走使十千心如刀绞。他知道姚先生是为了自己的红耳朵逃走。他知道耳朵是联系自己跟姚先生的桥梁，踏着这道桥梁，可以走到姚先生内心深处最隐秘的房间里，那里摆满了香气扑鼻的瓜果。姚先生曾经用双手接通了这桥梁，但现在却抛弃了这桥梁。

校长王石清走进教室，从诸多耳朵中他第一眼就看到了十千的耳朵。这毫不奇怪，因为十千的耳朵确是古今未有过的耳朵，何况还涂了红颜色。他说："姚先生身体不舒服，这一课改自习。"学生们都愣着不动，他又说："快自习，快自习！"然后他说："王十千同学，你跟我来一趟。"

王石清把王十千带到自己的宿舍。十千看到姚先生正坐在三抽桌前捂着脸哭。石清道:"十千,你怎么把姚先生气成这样子?"十千看到姚先生哭,不由得热泪汩汩而下,似乎比姚先生还要悲痛。石清左顾右盼,叹一口气,说:"你们这是演的哪出戏?唉?"

姚先生泪眼婆娑地说:"他的……耳朵……"

石清道:"十千,你出什么洋相?你自己找个镜子照照去。"

十千只哭不动。

石清从墙角的水缸里舀了一瓢水倒到搪瓷盆子里,说:"快把耳朵上的颜色洗掉。"

十千依然不动。

石清有些生气,说:"难道还要我替你洗?"

十千无奈,只好用脸盆里的水洗了耳朵,洗得满脸盆血红。

石清道:"你看你把姚先生气成了什么样子,还不快去道歉。"

十千踱到姚先生面前,弯腰鞠了一躬,说:"姚先生,我错了。"

姚先生擦擦泪脸,说:"十千,求求你,再也不要往耳朵上抹颜色了。"

石清道:"姚惠啊姚惠,你怎么像个小孩子一样?"

石清笑着,拧住十千的耳朵,说:"你这个大耳朵的小布尔什维克,再也不许装神弄鬼吓唬姚先生了。"

十千点点头。

姚先生脸上有了血色,看着十千说:"你其实还是个小男孩呀!"

石清嘲讽道:"你好像比他还小。"

十四

有一天上午,一群穿黑军衣、扎白绑腿的士兵在谷先生的引领下闯进了学校,包围了办公室,当着全体学生的面,抓走了王石清和姚惠。陈先生质问谷先生:"老谷,为什么要抓他们?"早已辞掉教职去县党部做了书记员的谷先生冷笑着说:"你难道不知道他们的身份?"陈先生说:"老谷,谷先生,政治的事,翻云覆雨没个准,看在共事数年的分上,放他们一马。"谷先生道:"我谷某何尝想为难王先生和姚小姐?可蒋委员长有令,对共产党是'宁可错杀三千,不可漏网一个',你陈老弟的头颅也不十分安全哟!"王石清道:"陈先生，你别跟他多费口舌了。"谷先生道："校长大人，休怪谷某无情，麻烦你跟姚小姐走一趟吧！"几个兵拿着绳子要上来捆绑，姚先生奋力反抗，谷先生道："姚小姐，老实点吧，早晚脱不了的！"姚先生一昂头，啐了谷先生一口，不再挣扎，由着兵们往胳膊上缠绳子。兵们把王石清也捆绑起来。谷先生说："这学校也该散了，再办下去就赤化了。"

兵们押解着王先生和姚先生，簇簇拥拥向校门走去。陈先生、黄先生他们都耷拉着胳膊垂着头，不吱声。学生们都吓呆了。十千因为经常在家里看到谷先生与爹在一起喝酒说话，觉得自己与谷先生关系不一般，便追上去，扯住谷先生的衣服，说："谷先生，把姚先生和王先生放了吧，他们都是好人。"

谷先生说："十千公子，你知道他们是干什么的？他们共产党要杀的就是你爹这种人！杀了你爹，然后把你们家的财产全部分光！"

石清回头看看十千，说："十千，万贯财产易得，一个人杰难当。"

姚先生凄然一笑，说："十千，我再也看不到你的大耳朵了！"

兵们看着十千的耳朵，都笑。有个兵说："好大耳朵，切下来能拌两碟子酒肴！"

"快走，快走吧！"谷先生说。

兵们用枪托子捣捣王、姚的腰，吼："快走！"一行人便慢腾腾地出了校门，上了大街。十千一直跟着队伍，后来姚先生回头对他又是凄然一笑，十千感到一阵剧痛钻心，眼前一片昏黄，便再也挪不动腿脚。

十五

十千跑回家，央告百万花钱把王先生和姚先生赎出来。百万咬牙切齿地说："赎他们出来革我的命？小子，你也被他们赤化了。"

十千想了很多营救姚先生的主意，但一个也不能实行。

不久，县里传来消息，王石清先生和姚惠先生在县城狮子湾畔被枪毙了。与他俩一起被处决的还有八人，据说都是活跃在各学校的共产党员。

十六

学校解散了，十千每日仍然到那里去。没有了教师和学生的校舍像一座断了香火的破庙,很快就招来了大批的麻雀。它们在教室里飞来飞去,从窗格子飞进飞出,在学生们齐声歌唱、齐声朗读的地方喳喳乱叫,拉屎撒尿。校园内那几株国槐树上,招来了几十只黑乌鸦,常常毫无理由地呱呱叫。王先生和姚先生住过的房子同样成了野鸟的天堂。徘徊在校园里,十千起初是黯然神伤,后来便如醉如痴。起初几日,他与麻雀们、乌鸦们斗争激烈。他用砖头瓦块袭击它们,用吼叫咋呼吓唬它们,这些野鸟很快就不理他了。后来,他也不理睬它们了。

镇上的人都说王百万家的大耳朵少爷疯了。几个学生到学校来看他,劝他,他一声不吭,眼睛直直的,于是他的同学们也认为他疯了。从此再也没人理他。

他躺在姚先生的宿舍里,时而清晰地看到房顶上的梁木、墙角上挂的灰白蛛网、墙上斑驳的水渍,嗅到房子里日渐浓重的灰土味道,听到鸟们的吵叫、草木的窸窣和镇上的各种声响。但当他进入另一境界时,这些景象、声音和味道便统统消逝了。这时,充斥着他全部思维空间的是以姚先生为核心的过去生活的重现画面,而每一次重现都是一次充实与发展、升华与提高。他的感官极其灵敏地感受着色彩、声音、速度、气味、温度,其体验比实际感受更加强烈。他反复回忆姚先生每次捏或搓揉自己耳朵的情景,他的眼睛看到了姚先生脸上的汗毛的竖起与倒伏,他的耳朵听到了姚先生心脏的巨大轰鸣和血液的澎湃,他的鼻孔嗅到了姚先生皮肤上的汗味,他的舌头尝到了姚先生泪水的咸味。当然,最精密的器官还是他的耳朵,这耳朵不仅仅是听觉器官,而且具备了嗅、触、看的能力。大耳朵成了独立的全能感觉系统,它们甚至具有了独立的意志和思维,在关键的时刻,十千必须听命于它们。

据十千的一个同学讲,如果没有了那两只大耳朵间歇性的勃起、颤抖、大舞蹈,谁也不会把躺在地上的这个大男孩当成一个活物。他像一具木乃伊,一根枯木头,一具鳄鱼标本。其实那两只耳朵表演时他也不像活物。那两只大耳朵红红地活跃时,像附着在朽木上两只生机旺盛的木耳,像两只在枯木上振翅抖须、传递爱情信号的红蝴蝶,是比灵芝还要珍贵的菌,是蝴蝶家族中绝无仅有的名种。

他醒来时总是热泪满脸,满身泥土。血红的夕阳照在墙上,催促他回家吃饭。由此可以肯定地说,王十千的神智一直正常,他的一切行为都是有道理的,世界上的人最喜欢把正常的人叫作"疯子"。他站起来,抖抖身上的尘土,走出姚先生的房间,看着呱呱鸣叫着归巢的乌鸦,先是低声呼唤:"姚先生,姚先生,王先生,姚先生姚先生王先生,布尔什维克呵布尔什维克……"然后高声呼唤:"布尔什维克呵布尔什维克!"

他的呼唤压倒了乌鸦的噪叫,使寂寥破败的校园里回荡着金玉撞击的轰鸣。喊叫时他双眼放黑光,耳朵放金光放红光,这颜色与布尔什维克的颜色完全一致。

老先生们的回忆文章说,十千在这段时间里,在与大自然的交流中,参透了马克思主义,看破了红尘。这几个月是他思想的成熟期,从此之后,一个以独特方式进行共产主义革命的职业革命家便进入了他一生中的辉煌时期。这种说法立刻让我想起释迦牟尼在菩提树下的三个月静坐,难道布尔什维克的深邃思想也能够在静默中参悟透彻吗?

十七

这种充满浪漫色彩的生活持续了两个月,百万从县城里回来了。百万能在县城里一住俩月不归巴山,是因为他在县城里新纳了一个妾。百万看出十千不是继承祖业的材料,便想抓紧时间再整旗鼓散发余热结个晚瓜。这件事十千的大娘二娘都知晓,不但知晓,而且大力支持,由此可见旧式妇女所受封建思想毒害之深重。其时百万已七十出头年纪,娶的妾却是一个年方二八的女学生,大脚,短发,省立十三联中毕业。这个女子嫁给百万的目的很明确:冲着百万的钱财。这样的势利姻缘,当时有没有舆论谴责,现在也搞不清楚,搞清楚了也没有什么意思。

提到百万这个小妾,是因为十千,我们的主人公,他曾与这个小妈有一面之识。在百万死后,她与十千一样,对百万的死没有任何悲伤。她跟十千谈判,要求十千将百万在城中的产业分一半给她。十千看着她的明眸皓齿、乌发红唇,竟有一种似曾相识之感。两个青年人竟像一对好朋友一样攀谈起来,谈话涉及1927年底那次学界游行,俩人都是参加者,她还特别提到在主席台上代表着妇女演讲的那位巴山镇英才小学堂的年轻漂亮女教师,说非常崇拜云云。这一枪正正地击中了十千的心脏,勾起了十千的心病,十千双眼里不由得滚滚涌出泪水来,嘴里喃喃:"姚先生啊姚先生……"那小妈警惕地打量着他,问:"姚先生与你……"十千说:"她捏过我的耳朵。"小妈道:"她死得很惨,胸口挨了七枪。县党部的人也过分了些,把她的头割下来挂在城门楼上,挂了一个多月,风吹日晒,乌鸦啄食,成了一个烂冬瓜……"十千听到这里,顿足捶胸,大放悲声,那副真情涌动的样子,竟感动了他的小妈,她抽抽搭搭陪着他哭起来。她说:"大少爷,我原本也是个解放的女子,姚小姐的事让我灰了心,这共产党是成不了气候的,大少爷你分碗饭我吃,让我糊糊涂涂了此一生吧!"

十千泪眼婆娑地说:"我明天就回巴山镇,这里的一切都由你做主了。我跟姚先生一样,是布尔什维克。"

小妈被他吓了一跳,怔怔地望着这个比自己小不了几岁的儿子,看着他抖擞着光彩夺目的大耳朵,双眼放射着心驰神往的光芒,疯疯癫癫的,压低了嗓音呼喊着:"姚先生呵姚先生,布尔什维克呵布尔什维克……"

百万找到校园,正逢着十千对着沉沉西下的红日表演他每天的最后一个节目:呼唤姚先生和布尔什维克。百万一见到他这副落魄的样子,心中大大不快,上前去,在他肩胛上推了一掌,抬手欲揪大耳朵时,才发现这个古怪的儿子已经长得很高了。

"十千,你已经十五岁,"灯火下,老态龙钟的百万说,"学校不必再去了,明日跟我进城去学买卖。"

十八

　　十千在县城里混了三年，什么买卖也没学会。百万渐入老迈昏聩之境，身边又睡着个妙龄少妇，其实无暇过问十千的业务。绸布庄和杂货店的二掌柜都清楚地知道十千是百万财产的唯一继承人，只有拍马逢迎，何来监察管教？所以这三年是十千吃喝玩乐的三年。据说有几位纨绔子弟曾带领十千去烟花巷里盘桓过，十千却始终未表现出对此道的任何留恋——他终身未娶，在那种时代里，一个广有财产的青年男子竟能不在妓院里沉溺，确是个例外。我想我在前面对十千的所有描述，其实都是主观的猜测，这个在巴山镇一带流传不衰的异人王十千究竟是个什么人物，恐怕永远是个谜。除了他有两只大耳朵是确切的，除了他经常独自一人呼喊布尔什维克等等事实是可以相信的，别的我们只能猜测、继续往下猜测。

　　十千在妓院里应该是毫无作为的，我想，在关键时刻，他一定想起了姚先生的一切。姚先生揉搓他的耳朵时带给他的愉悦是灵与肉的双重愉悦，这种愉悦的出现所需要的条件已经随着姚先生的死去而消逝了，妓院里的一切，都无法使十千重获这种双重愉悦。所以，十千沉溺在赌博中而没有沉溺在女色中。

老人们都说王百万是被王十千活活气死的，是不是如此无据可查。有据可查的是：为制止王十千滥赌，王百万花钱买通了警察局，将王十千抓进班房关了三个月。王十千出狱后，继续赌。气得王百万捶胸长叹：天意呵天意！

百万死后，我想王十千不会有丝毫悲痛之感。口头资料证明，十千在百万的灵堂上就聚众赌起来，一夜输了半个绸布庄，如果不是百万的小妾前来求情，积善堂在县城里的产业用不了三天就会输光。

十千慷慨地把城里的产业拱手送给小妈，然后打道回巴山，他的小妈变卖了房产，远嫁他乡去了。

十九

积善堂十八岁的新主人回到巴山镇，创造了一段充满奇异色彩的新生活。他继续赌，输了他哈哈大笑，赢了他满面愁容，把赢的钱四处乱掷，嘴里骂道："王八蛋，赖人，不算数，不算数。"这种反常的心理是巴山人无法理解的。据老人们讲，王十千的赌博不分地点和对手,有一个小孩子在街上碰到他,说:"王十千,赌一场?"他立刻响应,说:"怎么赌?"孩子说:"你猜我手里有什么?"十千说:"你手里有十匹大骡子!"小孩子一张手,说:"输了输了,我手里什么也没有。"十千就说:"让你爹去积善堂拉骡子吧!"孩子的爹自然不会真去拉骡子,王十千却吩咐长工把骡子送去了。说起这件事,当日的目击者眼里放着光彩。好像又重睹了十匹油光光的大骡子拴到那穷孩子家里的情景一样。

"王疯子"的名字就是从那时叫起来的。

他卖地,输钱,再卖,再输,巴山镇其实早在三十年代初期就进行了一场共产主义运动,这场运动的后果是数千户的一个大镇没有一户真正的贫农,王十千用赌的方式,在巴山镇均了贫富,实现了耕者有其田。

后来,他懒得自己动手赌了,每天清晨,让长工们抬出两箱银圆,然后纠集一群穷孩子来分拨打架。有时,他把银圆奖给胜利者,有时把银圆奖给失败者。弄得些孩子们不知该打赢还是该打输。看打架看腻了,他又组织呐喊比赛,他让孩子们喊的口号是:布尔什维克呵布尔什维克。谁喊得最响,赏钱最多,这是中国北方农村最早的共产主义宣传,布尔什维克的呐喊,震动着古老的土地。

以上的叙述，虽经流传者润色加工，但基本上准确可信。不可信者是下面的描述：他坐在积善堂大门的门槛上，入迷地观赏着、聆听着孩子们的呐喊。那个拖着鼻涕的男孩子，为了白花花的银圆，拼着吃奶的力气，把布尔什维克喊出。在连续不断的布尔什维克呐喊中，他的两扇大耳朵由频频抖动的小动作，发展成如舒如卷、忽开忽合、上蹿下跳的大动作。每当他的耳朵进入角色后，他枯瘦的脸上便漫卷着布尔什维克的赤旗，眼睛里放射出迷人的光彩。那些远远地站在后边等待着帮儿子拿钱的男人们，都异常感动地看着这个非凡的人，都恍惚如在梦境中观看一个显出真面目的天神。

"王神仙"由此得名。

1936年春，王十千卖掉了积善堂的深宅大院，并不过问吊死在门框上的二娘（大娘已死），只身一人走上街头，开始了他的乞丐生涯。他这时的形象，已与二十几年前王百万在半睡半醒中看到的那个乞丐一模一样。这时候，老财主当年做梦梦见乞丐投胎的事已经流传开来，于是，王十千所有的违背常理的行为都得到了最合理的解释，尽管这种解释充满迷信色彩，但至今还有很大的说服力，相信这种解释的人数，远远胜过相信十千是共产主义者的人数。

二十

我们应该感谢巴山镇的百姓们,他们在王十千沦为乞丐之后,表现出了足够的同情心。第一,他们没有拆除荒芜的小学堂里那些东倒西歪的房屋,为十千这个真佛保留了参悟人生的神圣殿堂;第二,只要十千乞讨上门,他们总是慷慨施舍。有一些靠王十千的变相馈赠而暴富的人家,甚至还在喜庆时刻送一些美酒佳肴到姚先生住过的那间房屋里去,供十千享用。

十千沦为乞丐的第一夜投宿的当然是那间神圣殿堂。他在那里得到的安慰和幸福是我们无法想象的。在那个春夜里,当巴山镇的千家万户为这个人叹息时,他却沉浸在最美好的感觉享受里。如果要描述,又只好假想,因为谁也没有去观察他,即便去观察又能观察到什么呢?当然我希望那是个明月皎皎之夜,吹着温馨的和风,风里挟带着泥土和野花的芳香。英才小学堂旧日的繁华景象以更加丰富的形态,缓慢地重复展现在十千的脑海里。他比从前更强烈地体验着那一切,有幸福有酸楚,比生活更立体更客观,就像我们从前描述过的一样。我们生活在人群里,十千先生却生活在自己的思想里,我们对这种智者的任何评议都是浅薄的呵,但出于习惯我们还在评议。

1947年秋,大批国民党军队涌进巴山镇,家家户户都让出房子给军队住,兵太多,房子依然不够。一个上尉连长带着一个排的士兵开进小学堂。校园里布满半人高的枯萎蒿草,一只红毛狐狸从草丛中蹿出来,士兵端起卡宾枪,把狐狸打死在草丛中,士兵们进入房子时,发现了僵卧在地上的十千。

"一个死尸!"

"不是死尸,是个叫花子,你看他的耳朵还在动呢!"

"啊哟,好大的耳朵!"

"起来,起来!"

士兵踢着十千喊叫。

十千站起来,双眼如兽,盯着那些兵。

"滚出去,大耳朵,这里要驻'国军'!"

十千突然发出叫嚣:"这是我的屋,是我和姚先生的屋,是我们布尔什维克的屋!"

"布尔什维克?共产党?"上尉连长笑着说,"我们杀的就是布尔什维克,杀的就是共产党!"

"把他拉出去,毙了!"上尉连长命令道。

几个士兵用枪托子把十千顶出去,十千挣扎着往回跑,嘴里还喊着:"布尔什维克布尔什维克,将来的世界,必是赤旗的天下!"

几个士兵竟拦不住他,上尉连长拔出手枪,说:"你们闪开!"

士兵急忙闪开,连长举起枪来,对准十千开了火。

他挥舞着两根胳膊,招展着两只大耳朵,一头栽在地上。两只耳朵垂死地抖了几下,然后软塌塌地顺下去,几乎盖住了他的全部面颊。

"他妈的,这么大的耳朵!"上尉连长把手枪插进套子,不无遗憾地骂着。

二十一

王十千的故事应该结束了。但就这样结束是不是太简单了?用如此短的篇幅、如此粗疏的笔墨打发了这么好的一个素材,确实有点可惜。本来还有好多文章好做呀!譬如:我应该浓墨重彩地写一写十千将耳朵涂红的过程,写他涂耳朵时的心理活动,写他涂红耳朵后的心理变化。台湾的姚一苇先生写过一部名为《红鼻子》的话剧,说一个马戏团的小丑,只要戴上他的红鼻子面具,便妙语连珠,妙趣横生,忘掉人世间一切烦恼;只要摘下红鼻子面具,他立刻地萎靡不振、痛苦不堪。戴上红鼻子面具是他逃避现实生活的一种方式。我们都是有过这种体验的吧?我为什么不写王十千三番五次地涂抹耳朵,用过红颜色再用蓝颜色再用黄颜色再用黑颜色。一个本来就因耳大而引人注目的男孩竟三番五次地让耳朵更怪异,这行为里可以分析出很多东西,哲学呀,心理学呀,等等等等。我知道我仅仅粗枝大叶地写了一次十千涂红耳朵并且把涂耳朵的目的十分确切地限定在为了吸引姚先生注意这一点上是多么笨拙,是呵我写得真笨拙。十千涂红他的大耳朵并不一定是为了吸引姚先生,就像雄孔雀开放尾翎并不一定是为了吸引雌孔雀一样,它对着雄骆驼照样开屏。即便他就是为姚先生而涂耳朵,那么第一次他涂了红耳朵姚先生被吓哭、吓跑,第二次假如他涂了蓝耳朵姚先生会怎样?第三次他涂成黑耳朵姚先生又会怎样?这种描写是对小说家的考验同时也是小说家充分展现才华的地方,我本该好好地"展现"呀。一个十五岁的男孩子,每天都挖空心思打扮自己的大耳朵……

再譬如,王石清和姚惠被捕后临刑前也有很多场面可以写得很精彩,可以让王十千亲眼目睹王、姚在刑场就义的情景。围观的麻木群众,共产党员凌乱的头发,洁白的衣衫上梅花般的血迹,天上铅色的破云,狮子湾里凄清的死水和死水中萧索的芦苇,天空中黑色的乌鸦,执刑官的狗脸六月之霜,执枪士兵的觳觫;女共党在最后关头看到人群中那两只鲜红的大耳朵怎样像束火焰刺痛了她的心由此她感到生活的美好死亡的可怕感到她其实对这两只大耳朵萌动了爱情,她对着大红耳朵呼喊,红耳朵呵红耳朵我爱你,然后一声枪响一发灼热的铅弹洞穿了她的心脏鲜红的热血喷射出来散着血腥散着热量;紧接着奇迹发生一个生着大耳朵的男孩如一道闪电照到姚先生身上他用耳朵去堵她的伤口让鲜血染红耳朵她大睁着眼腮上挂着微笑目光定在染血的大耳朵上士兵们去拉这个男孩却被这个大耳如扇的怪男孩惊呆了……啊!多好的细节和图画,我竟然忘了描写……那男孩看到子弹射进姚先生青春的胸膛后,双耳感到一阵难忍的剧痛,好像子弹不是打在女人胸脯上,而是打在自己双耳上……当那些士兵想把男孩从女共党尸身上拉开时,竟发现他已经昏厥过去,只有那两只滴血的大耳朵还在剧烈地痉挛着……女共党的人头挂在城门楼上,也可以让大耳朵男孩去观看呀,许多革命小说里不都有过类似的描写吗?啊,我真笨,我真笨……

再譬如，我该把十千在县城三年的生活写一写，如浮浪子弟引诱十千去嫖妓，可以写得十分"床上"，十分"暴露"，十分富有诱惑力呀。写十千初进妓院那种心情，写老辣的妓女、肮脏的环境、龌龊的空气、烟、酒、挑逗的语言，妓女的呵欠、口臭、干瘦的胸脯……突然，姚先生明丽如中秋月的面庞活生生地出现在十千的脑海里，他的大耳朵突然抖起来，他急忙寻找自己的裤子，妓女揪住他的大耳朵不放，说什么，大耳朵，怎么啦？想跑？拿钱来。十千掏光了兜里的钱，穿上衣服，逃出妓院。接下来该写他的内疚，耳朵蒙受的巨大耻辱，感到对不起姚先生，听到姚先生的哭声笑声和呻吟声……这两只耳朵是属于姚先生的，姚先生捏过它、吻过它、抚弄过它。他跑到湾子里去洗耳朵，洗了一遍又一遍。洗完后他对天发誓：姚先生，十千的耳朵属于你，今后谁也休想动它！本来还可以明确地把十千的耳朵写成准性器官，不必像现在这般隐晦，这在生理上是可以解释的，那潘达雷昂上尉不是必须让妓女揪着耳朵才可以达到高潮吗？这故事的大框架是一个男孩子的恋爱故事，一种畸恋。还有呀，十千与百万那个小妾的关系还可以写得更繁复一些，他和她可以是同学，也可以是相识，但现在一个成了"儿子"一个成了"妈"。百万死了,这一对青年男女有好多种可能性。这一段好戏也被我糟蹋了。我写了许多不该写的,该写的反而没写。譬如十千回到巴山镇成了新主人后,与大娘二娘关系怎样?怎样斗争?大娘何不出逃饿死?二娘何不行刺十千?就算让她吊死,何必一笔带过?我真笨。还有,十千豪赌五年,输光全部家产,这期间应该安排两场重头戏,成为"华彩乐章",可是我又偷了懒,我用干巴巴的语言交代了这段过程。还有还有,十千终于沦为乞丐,与百万梦中所见乞丐一模一样后,他的心境如何?他夜宿学校,日间行乞,夜里怎么度?白日遭不遭狗咬?应该有一些最基本的描写呀。我真笨,我把一个好素材给毁了。

十千死后,"国军"的那位上尉连长用刀把十千的两只大耳朵割了下来,炒熟,用一张纸包了,下了酒馆,要了半斤酒,邀来几个同僚,请他们吃,说是猪耳朵。那几个小军官边吃边赞,真肥!真香!从来没吃过这么好的猪耳朵!一大盘一抢而光。"哎,伙计,你怎么不吃?"上尉连长笑着说,狗儿们,上次炒人肝给我吃,让我呕了三天,今日老子弄了副人耳朵给你们吃。说罢哈哈大笑。小军官们一怔,随即也哈哈大笑,骂那上尉连长,放你的屁,哪有这么大这么肥这么厚的人耳朵？不信不信。

1948年底，土地改革开始，巴山镇因为赢了十千的钱发了家而被划为恶霸地主"砸了狗头"的有七人，被划为地主的有十一人，划为富农的二十七人。富裕中农有五十余人。剩下的中农、下中农也都丰衣足食，较之贫困地区的地主、富农还要富裕。其实我们巴山镇的所谓贫民，在十千豪赌时代，每日都用十千的钱，大碗喝酒，大块吃肉，享尽了人间富贵。

那些即将被枪毙的恶霸地主被拉上桥头等待枪毙，其中有一位突然觉悟，大声说："伙计们，咱都是死在王十千那个王八蛋手里！"众人都如醍醐灌顶、大彻大悟。这时，在他们脑后一阵乱枪轰鸣，七个头脑浆迸出，七个人横着竖着，跌到桥下去了。

（初刊于《小说林》杂志一九九二年第五期）

怀抱鲜花的女人

一

海军某部上尉王四回家结婚。他的未婚妻是县城百货大楼钟表专柜的售货员。她的家与王四的家都是离县城四十里的马庄乡，王四家住李家庄，她家住桥头堡。原说她要到部队去与王四结婚，后来又让王四回来结婚，理由是老人年纪大了，想在家结婚热热闹闹让老人高高兴兴。

王四下了火车就直奔百货大楼，到钟表专柜一问，说她已告假回家了。几个女售货员嬉皮笑脸地问："你就是燕萍的那个吧？"他说："就算是那个吧！"王四出了百货大楼往公共汽车站走。走了一半路程，天开始下雨，起初很小，后来渐大。距汽车站还有不近的一段路，他担心淋坏了包里的东西，便寻找避雨的地方，抬头看到了铁路立交桥，紧走几步，钻了进去。

雨水在天地间拉开了灰白的巨网，往常交通繁忙的立交桥下，此刻竟冷冷清清。这里地势低洼，立交桥下既是车辆与行人的通道，也是洪水的通道。马路上的雨水哗哗地泄进来，桥下明晃晃一片。王四站在水里，寻找比较干燥的地方，这样他就站在了那几根既把立交桥下的空间分割成两半又支撑了立交桥的粗大钢筋水泥支柱之间。他放下行李，从口袋里摸出手绢擦干脸上和脖子里的雨水，然后掏出烟、打火机。打火时，一条狗在他背后恐怖地叫了几声。他的打火机喷出的火苗可能把狗吓了一跳，狗的叫声把他真正地吓了一跳。他抬眼去寻找那条狗时，猛然发现，在对面那根支柱旁边，站着一个身穿墨绿色长裙的女人。

他又一次点燃打火机，在背后那条狗的叫声中，仔细地观看这个距自己只有三米远的女人。

她穿着一条质地非常好的墨绿色长裙，肩上披着一条网眼很大的白色披肩。披肩已经很脏，流苏纠缠在一起，成了团儿。她脚上穿着一双棕色小皮鞋，尽管鞋上沾满污泥，但依然可以看出这鞋子质地优良，既古朴又华贵，仿佛是托尔斯泰笔下那些贵族女人穿过的。她看起来还很年轻,最多不会超过二十五岁。她生长着一张瘦长而清秀的苍白脸庞,两只既忧伤又深邃的灰色大眼睛,鼻子高瘦,鼻头略呈方形,人中很短,下面是一张红润的长嘴。她的头发是浅蓝色的,湿漉漉地披散在肩膀上。其实,上述这些,王四当时并没真正看清楚。当时,在打火机微弱光芒的照耀下,最先映入王四眼帘并使他感到突然袭来了莫名兴奋的,是女人怀里抱着的那束鲜花。

那束花叶子碧绿,花朵肥硕,颜色紫红,叶与花都水灵灵的,好像刚从露水中剪下来的一样。王四没有太多的花卉方面的知识,从花枝上生长着的粉红色的硬刺上,他猜测那束花是月季或者蔷薇。

那束花约有十余枝,挑着七八个成人拳头般大小的花朵和三五个半开的、鸡蛋大小的花苞。她用双手搂着花束,因裙袖肥大而褪出来的雪白胳膊上,有一些红色的划痕,分明是花枝上的硬刺所致。花朵团团簇簇地拥着她的下巴,花瓣儿鲜嫩出生命、紫红出妖冶,仿佛不是一束植物而是一束生物。

火光映照着那些花朵也映照着她的脸,她的眼睛里射出善良而温柔的光彩。好像花儿渐渐开放,她的脸上渐渐展开了一个妩媚而迷人的微笑,并且露出了两排晶亮如瓷的牙齿。她的牙齿白里透出浅蓝色,非常清澈,没有一点瑕疵。

王四的心紧起来,持续燃烧的打火机突然烫了他的手。他晃灭打火机,一时感到六神无主。桥洞里黑幽幽的,洞外雨雾漫漫,洞口垂挂着一道雨水的青白帘幕,水从他的脚下响亮地流过去。他并不感到恐惧,只是感到思维迟钝,女人在鲜花丛中绽开的笑脸像一束黄色的火焰在他的脑海里燃烧着。

他不由自主地又一次打着打火机。蓝色的火苗跳跃起来。女人保持着适才的姿势,连一丁点儿也没移动。在他手中光明的照耀下,女人又绽开了迷人的微笑。王四觉得自己的整个精神都被那花朵中的笑容俘虏了。他再也不愿熄灭手中的火焰,好像打火机一熄灭,自己就要从美梦中惊醒一样,但耗尽气体的打火机还是毫不客气地熄灭了。他掰着灼手的齿轮打火,噼嚓噼嚓噼嚓,除了有一些细小的火星从打火机中溅出外,火苗儿再也无法喷出了。他懊恼地将这个烫手的小玩意儿扔到面前的水中。他听到了打火机灼热的金属部分在冷水中发出的嘶鸣。

女人无声的笑容像一道灿烂的闪电,随着打火机的熄灭而熄灭了。这时,暴雨中响起了沉闷的雷声,遥远的闪电把微弱的蓝光抖动着投射到立交桥下,仿佛引燃了女人头上浅蓝色的头发,一大团幽蓝的光模模糊糊地辉映着她苍白的脸和那些紫色深重的花朵。一列火车冒着大雨从桥上通过,车轮压迫钢轨的声音、汽笛撕裂潮湿空气的声音在空旷的桥洞里被放大了,仿佛即刻就要天崩地裂一样。

王四在这巨大的轰鸣声中,思维突然清晰起来。他感到被雨淋湿的衣服冰凉地粘在身上,寒意从内脏里生发出来,凉透了四肢和体表。一股热烘烘的、类似骡马在阴雨天气里发出的那种浓稠的腐草味儿扑进了他的鼻道和口腔,而这种味道,竟是从那怀抱鲜花的女人身上发散出来的。尽管他也嗅到了从阴暗地沟中滚滚流过的雨水的腥味和那束鲜花清冷的植物气味,但都压不住女人身上的味道。王四的老爹曾当过生产队的饲养员,饲养棚里有一铺热炕,王四考进高中前一直跟着爹在这铺热炕上睡。每逢阴雨天气,牲口身上的腐草味道像一只温暖的摇篮、像一首甜蜜的催眠曲使他沉沉大睡。现在他闻到这味道,感到这个陌生女人与自己之间建立了一种亲密的联系,他产生了与她对话的欲望。

"你在这里避雨吗?"话一出口,他就觉得这句话既枯燥乏味又浅薄无聊,但他的确又找不到别的什么话好说了。

幽暗中的女人没有说话,凭着一种古怪的感觉,不是用眼睛,而是用心灵,他感受到了女人脸上再次绽开了那灿烂的微笑。

女人没有说话,那条一直躲在柱子后边的狗却汪汪地叫起来,好像它是女人的代言人。王四感到这条狗的存在非常多余,转念一想,又觉得它的存在非常必要。

"你不是本地人吧?"王四说,"我感到你肯定不是本地人。"

女人似乎在那儿动了一下,因为王四听到了花叶的窸窣声。

暗处的狗再次接着王四的话头吠叫。

"你有什么困难需要我帮助吗?"王四说,"你不要怕,我是解放军。"

他感到女人在暗中微笑,听到狗在暗中狂叫。

他开始讨厌这条狗,但也没有转到柱子后边驱逐它的念头。

这时有一辆载重卡车大开着车灯从上坡路上冲下来,雪亮的灯光照耀着被油烟熏黑的洞顶和附着在洞壁上的几蓬嫩黄的草,车轮溅起来的水花直飞到灯光里去,宛若一簇簇秋菊。车上好像拉着许多铁笼子,笼里关着的动物可能是鸭子,他听到呷呷的叫声,自然他没忘记借助光明观察面前的女人。王四觉得她始终在对着自己微笑。她的目光专注,没有去看汽车,更没有看洞壁。

雨声渐小,洞口的水帘破裂,先变成几根水线,一会儿就只余下淅淅沥沥的滴水了。一道阳光照进来。在洞里他还看到了东南方向的天际上挂起了一道彩虹。王四又问了那女人几句无关痛痒的话,依然只有那条狗回应着。似乎再也没有理由待下去了,他提起行包,蹚着淹及脚踝的水,走出了立交桥。这时,那条一直没有露面的狗竟闪电般从后边蹿出来,在他的脚脖子上咬了一口。

王四脚上一阵奇痛,扔掉行李,口出哎哟之声,猛回了头,看到那条黑色的瘦狗电一般地蹿回立交桥的幽暗之中,随即消逝,无影无踪,无声无息,宛若鱼儿钻进了深潭。清凉的穿堂风从桥洞里吹出来,振动着他的衣角。他弯腰查看脚踝,发现狗牙仅仅在踝骨上留下了两个紫红的斑点,没有破皮,更没有出血。查看完伤势,愈觉得那种奇痛不可思议。他做出进洞的决定前犹豫了一会儿。他知道那条黑得像抹了焦油的狗如果再次发起突袭,自己仍然是猝不及防。被狗咬破皮肉完全有可能感染上狂犬病。据说县供销百货大楼钟表部那个专门卖小闹钟的男售货员就是被狗咬伤得了疯狗症死掉的,他的未婚妻就接替了那人的位置。桥洞中的巨大诱惑无法抵抗,他小心翼翼再走了进去。

那条狗躲在柱子背后吠着。它的叫声里似乎并无特别的恶意。狗的比较友善的叫声在潮湿的洞壁中碰撞着,好像几只洁白的乒乓球来回弹射。洞里的光线明亮了许多倍,彩虹的一部分被洞里积存的雨水反射上来,更增添了洞中的柔和气氛。王四非常清楚,自己再次进洞的目的并不是为了打狗报仇。

她还站在原地,仿佛连一毫米都没有移动。现在不必借助打火机的火焰他就清楚地看到了她的一切,她的鞋她的裙她的鲜花她的脸。当然那种浓郁的腐草味儿更重新包裹了他的身心。

王四问:"小姐,这狗是你养的吗?"他对着发出吠叫的地方指了指,又接着说:"它咬伤了我的腿。"

女人把怀中的鲜花用右臂搂住,腾出左手,捂住嘴巴,哧哧地笑起来。她笑出的声音不大,但因笑而引起的身体活动的幅度却很大。她身体前倾后仰着,那块肮脏的披肩像一块灰白的云片,沿着肩背滑落在地上。她的半个洁白如玉的嫩绿肩膀突然刺进了王四的心脏。他呼吸急促，眼睛像两只羽翼丰满的家燕飞出巢穴附着在她的肩膀上。她的锁骨与脖子之间那个蓝幽幽的燕窝状的窝窝，恰好依偎得下一对家燕。他的眼睛凉森森的，心中却有熊熊的黄色火焰燃烧起来。

他用激动的发着颤的声音说："好啊！……你这个调皮鬼……小坏蛋……支使你的狗咬了我，你还笑，看我怎么治你……"

他知道自己心中充满了邪念，但却用一种仿佛纯粹玩笑的外衣把邪念遮掩起来。他不知道自己是迈着什么样的步伐扑到了她的身边，并且用灼热的嘴吻了她光滑的肩头和那软绵绵的燕窝。她的皮肤凉森森的，有一股淡淡的青草味道，使他的嘴唇和鼻子都感到极其舒适。他吻她肩膀时，她笑得浑身颤抖，仿佛那儿就是她身上最敏感的部位。

"你还笑？我让你笑！"王四得寸进尺地把嘴印到她的脖子上、面颊上，一瞬间他感到花枝上的硬刺扎破了他的上衣，刺痛了他胸前的肌肤，花朵上的水珠也弄湿了他的下巴。但当他的嘴紧密地粘到了她的嘴上后，花朵和花枝便不存在了。她的嘴唇厚墩墩的，弹性很好。从她的嘴里喷出来的那股热烘烘的类似谷草与焦豆混合成的骡马草料的味道几乎毫无泄漏地注入他的身体并主宰了他的全部器官。王四昏沉沉地感觉到阴雨天气里生产队饲养室里那滚烫的热炕头，灶旁蟋蟀的鸣叫声、石槽旁骒马咀嚼草料的嘎巴声、骒马打响鼻的嘟噜声、铁嚼链与石槽相碰的锒铛声……都在他的感觉里响起来。女人嘴里的味道源源不断地输送出来，像给打火机充气一样，注满了王四身体内的所有空间。后来王四回忆起来，与其说自己的嘴巴凑到了她的嘴巴上，毋宁说她的嘴巴扑到了自己的嘴上。

他们的吻应该持续了相当长的时间。

后来，他感到筋疲力尽，小肚子却一阵阵上抽着隐痛。女人的笑比刚才要露骨多了，那种像隐没在纱幕之后的神秘之美被他的嘴撕破了。他感到与这个女人的距离突然逼近。她原本如同一个路人，与王四毫无牵连，王四想理她就理她不想理她就可以抽身走开，但经过这一吻，王四觉得自己欠了这女人许多债，当然他也可以抽身跑掉，但他发觉自己的良心不安。

通过立交桥的车辆多了起来，他感到那些司机都在好奇地打量着自己，于是他决定，无论如何也要离开了。他尽量淡化着与女人接触的印象，为自己开脱着：她的狗咬了我，我在她脸上轻轻地咬了一下，我根本不欠她什么，是的，什么也不欠。他说："你还敢不敢调皮了？小丫头，快回家去吧！"

说完那句话，他故作轻松地离开桥洞，提起扔在路边的行包，慢慢走到拐弯处，然后，就像要逃脱警察追捕的逃犯，在那条通往公共汽车站的小斜路上跨开了大步。疾走了大约有十几分钟，他感到提着行包的双臂又酸又麻，额头上、腋窝里沁出了热汗。雨后的毒日头很快把湿漉漉的地面晒热。他在一家卖五金材料的小店铺外堆满了钢筋的法国梧桐树下放下手中的东西。钢筋上长满铁锈。那棵法国梧桐只有茶碗口粗，树冠蓬着，如一支火炬，在地上投下一团黯淡的阴影。树干上用刀子深刻着四个莫名其妙的字："明根沐法"，他看了不解其意。路上有几条狗在懒洋洋地散步，几个苍老得好像有几百岁的老人在烈日下合伙编织着一块巨大的苇箔。他感到如释重负地叹了一口气。

上尉还没来得及第二次从头到尾地回忆桥洞里的艳遇，就嗅到自己的背后洋溢开了那绿裙女人嘴中的气息。他惊诧万分地跳起来，回头就看到她果然亭亭玉立地站在自己背后，中间只隔着那堆钢筋。那条极其油滑的黑狗蹲在女人的身后，双眼眯缝着。冰凉的汗水在一分钟之内就布满了他的面孔。汗水浸眼，他抬起衣袖擦了一把。面对着好像一直就站在自己身后的女人和那条不知道是不是她养的黑狗,上尉张口结舌,脑子里一片灰白。

他终于从这种狼狈状态中清醒过来,心中如烧如烤,脸上却尽量表现出冷静。他打量着站在明媚阳光下的女人,心中那种大祸降临的感觉竟然减轻了许多。这女人的确不同凡响。阳光把她的墨绿色长裙照耀得泛出鹅黄色,那鞋那发那肩窝那胸脯都光辉夺目。当然,那束紫红色的鲜花是她身上的画龙点睛之笔,好像如果没了这束花,一切都不存在一样。他嗅到花朵的若有若无的清新味道,看到那些紫红的肥厚花瓣上挂着一层淡薄的白霜。

她自始至终对着上尉微笑。她的嘴巴微张,喷吐着草料香气;牙齿半露,闪烁着珠玑之光;嘴唇颤抖,表示着接吻的热望。上尉差一点又心猿意马起来,但已经西斜的太阳向他提出了警告:两天之后,将是他与那个闹钟姑娘举行婚礼的日子。想到此,尽管面对着这个几乎落入嘴中的熟透鲜桃,他也不敢再动嘴了。

那间小五金商店的窗玻璃上,似乎贴上了几张扁平的脸。那边编织着苇箔的老头们也把头颅向这里转动。上尉低头看看自己引人注目的制服,又看女人、鲜花和黑狗,恍然觉得自己置身于一幅图画中。既是图画,就无法不让人欣赏。于是他便仓皇着要逃出图画了。

他从上衣口袋里摸出一张面额五十元的人民币——上尉知道这样做很不光彩——用两个指头夹着递到女人面前,说:"对不起,算我冒犯了你——如果不是你的狗咬了我,我也绝对不会再回到桥洞里去……跟你开那些玩笑……请收下,算我对你的赔偿。"

女人的眼睛始终没有离开过上尉的脸。她双手搂着鲜花,脸上的笑容永远。上尉隐隐约约地感觉到这个女人将给自己的生活带来巨大的麻烦,她不理睬这五十元臭钱是完全正常的。他抱着一线希望,忍痛又摸出一张五十元币,两张同时递给她,说:"再加五十行了吧?"

他发现把钱递到这女人面前如同把钱递到牛面前一样,牛盼望有人递给它一把鲜嫩的青草,她盼望什么呢?

上尉有些恼怒上来,提高了声音说:"你打算干什么?告诉你,你这种女人我见过,就算'打你一炮',也不过五十元钱,你高贵,一百元总可以了!"

话一说出口,上尉感到很后悔,他觉得这种脏话不仅亵渎了女人也亵渎了自己。虽然他看到过在港口周围晃动的那种女人,但也就是看看罢了,"五十元一炮",听人说过的。

"我真诚地向您道歉,"他对着女人鞠了一躬,"请您不要跟我这种下作的人一般见识,高抬贵手,放我一马!"

道歉完毕,他觉得自己鼻子发酸,连眼泪都快流出来了。他提起钢筋上的行包,垂着头,不敢看女人和黑狗,胆战心惊地往前走。

上尉多么希望怀抱鲜花的女人就此放了自己,领着她的黑狗回到她的桥洞或者到别的什么地方去,只求她不要像幽灵一样跟随着自己,但事与愿违。他始终被女人的味道包围着。无论他怎样疾走,也逃不出这气味的追逐。女人的脚步声细碎而且轻曼,那条黑狗更是悄无声息,仿佛一股油在地上流淌。他不用回头就看到了女人怀中鲜花的红光,她离自己只有一步之遥。黑狗距她也是一步之遥。路过那个积着水的小池塘时,在碧绿浮萍的间隙里,他看到了上尉、女人和黑狗的充满浓郁诗意的倒影。他知道再拐一个小弯公共汽车站就会突然出现在面前,在那里他很可能会碰到熟人,因此无论如何也要在这里把她和她的狗甩掉。

上尉站住脚,把行包扔在地上,咬牙切齿、使自己发起狠来,他虚张声势地压低了喉咙说:"如果你胆敢继续跟踪我,我就把你推到池塘里去淹死!"

他满以为女人会对这句话有所反应,即便不表示出恐惧表示出愤怒也好,他此时最惧怕的就是她那种似痴似迷、高深莫测的微笑。

女人在微笑。

上尉恼怒地说:"你不要以为我是吓唬你!现在我喊数,当我数到三时,你如果还不转身,我就用刀子先捅了你,然后再把你沉到池塘里去!"他从腰间皮带上摘下一把大号的水果刀,打开刀子,对着她的胸脯比画着。他喊道:"一——二——三——"她依然在微笑。

池塘里出现了三只洁白的鸭子,呷呷地叫着,悠闲地游动。它们粉红的脚掌在透明的水中像桨一样划动着,撩乱了水上的浮萍,也搅动了他们的倒影。

上尉暴怒起来,但她的绝对友善的微笑使他不能发狠。这时他看到了那只实为罪魁祸首的黑狗。上尉的恼怒终于有了发泄口。他攥着刀子朝黑狗扑去。

黑狗不龇牙也不咆哮,机警地一闪,就让气势汹汹、头重脚轻的上尉扑了空。他差不点儿就跌到池塘里去,皮凉鞋上沾满了紫色的淤泥。他回过头来,看到黑狗已经蹲在适才他站着的地方,而他站着的位置,恰是刚才黑狗蹲踞过的。上尉的凶猛一扑,起到的作用是人与狗交换了位置,并且还使女人将身体旋转了九十度。

她那可怕的微笑在脸上绽开着。上尉又向黑狗扑去，黑狗还是悄无声息地机警一闪，女人轻俏地旋转九十度，人与狗又一次交换了位置。紧接下来上尉连续发起的十几次凶猛进攻，结果都是一样。他气喘吁吁地站着，女人和狗却都是呼吸平稳，没有丝毫的恐慌和紧张。

上尉握刀子的手紧张地痉挛起来。现在，女人的微笑对他再也不是琼浆玉液，而是致命的毒药。他感到眼前全是那微笑化成的赤红的火焰，而那十几朵鲜花则是火焰中央最炽烈的部分，女人身上那绿裙子也像绿色的火苗在抖动。他觉得自己伸出去的手臂和刀子正在火焰中熔化着。

上尉大声抽泣着说："小姐，求求你，饶了我吧！我从今之后保证改过，无论在何时何地，再也不敢占便宜了……"

泪水沿着上尉的面颊流进了上尉的嘴里。他尝到自己的泪水竟然也是一股腐草味道了。

女人在微笑。

路上已站了十几个红男绿女，一边观看，一边议论着。

上尉拎起行包，大步流星地朝汽车站窜去。他知道女人和狗在后边追赶，但似乎拉开了五六步的距离。

公共汽车站门口的路两侧，排开了两列贩卖花生、瓜子、水果、点心之类的小摊贩，只要想进汽车站的售票和候车大厅，就必须从摊贩造成的夹道中通行。上尉进入夹道，一个扁脸的女摊贩伸手就抓住了他的左臂，非要把瓜子卖给他不可。他挣扎着想逃走，女摊贩死抓着他不放。上尉想腾出右手对准那张扁脸捅一拳。但此刻他的右臂也被右侧一个女摊贩死死地拽住了。右侧的女摊贩嘴唇上生着一层疮，说起话来鼻子嘟嘟哝哝的。

上尉拼命挣扎着，女人们的手却像铁箍子一样难以挣脱。当然他真正想挣脱的并不是这两个女摊贩。危险来自后方。他像只小鸟一样蹿跳着，最后竟大声叫骂起来。

周围的摊贩们一个个嬉皮涎脸地笑起来了。

这时，饱含着骡马草料味道的温暖气流又从后边吹拂着他的耳朵了。

上尉的叫骂声变成了哭喊："放开我，放开我，我买还不行吗？"

那条黑狗闪电般跳起来，咬了左侧女摊贩的手脖子。随即它又一个腾跃，咬了右侧女摊贩的手指。两个比拦路抢劫的强盗还要霸蛮的女摊贩怪叫着松开了手。

上尉提着行包，不敢回头也不敢旁顾，在震耳的嘈杂声中，穿过摊贩夹道，跳了十八层台阶、扑进了公共汽车站售票与候车兼用的大楼的弹簧大门。

他听到弹簧门在身后响亮地合上了，心中略感宽松。售票厅里人如蚁群，你挤进来，我挤出去，好像每一个人都在钻来钻去。上尉野蛮地用手中的行李碰撞着阻拦他的人，似乎招来了许多的闲言冷语，他知道这些闲言冷语都正确得要命，要说不对是上尉的不对，但他根本不在乎了。

上尉钻到一个人群最稠密的角落蹲了下来，这里有一堆垃圾，放着两个肮脏到极点的破墩布。素爱清洁的上尉连丝毫犹豫都没有，就把脊背靠在了墙角上，现在他的背后再也不会有女人的微笑了，他的面前则是无数条移动的或不移动的腿。他机警地摘掉大盖帽，抽掉了支撑帽子圈的蛇皮弹力架，将松松垮垮的帽子与蛇皮弹力架塞进旅行包。随后他又脱掉上衣，照样往旅行包里塞。旅行包太满，他毫不犹豫地拽出两盒糖果，腾出空间，把军装塞了进去。

上尉吐了一口气，心里感到轻松无比，进而感到全身松松垮垮，好像骨头架子散了。

他的眼前移动着各种各样的腿，粗的细的生毛的不生毛的黑毛的黄毛的光滑的粗糙的白的黑的沾着泥土的糊着牛粪的布满疤痕的静脉曲张的……蓝裤子黑裤子黄裤子绿裤子白裤子红裤子……各色裙子没有墨绿色裙子,他舒了一口气。……各种各样的脚……各种各样的鞋袜没有半高跟半高勒古朴华贵的棕色小牛皮鞋,他舒了一口气。他的周围浪潮般涌动着各种味道,没有那种别具一格的骡马草料味道,他舒了一口气。

持久的蹲踞式使上尉的腿不由自主地颤抖起来,他一咬牙,屁股坐在了那几块湿漉漉、黏糊糊的破墩布上。血液立即在全身顺畅地循环起来,他感到了从未有过的舒适,宛若躺在随着轻浪起伏的甲板上沐浴阳光或是仰望明月与繁星。他的目光抬高了一点,看到了频繁移动着的人们的臀部之下的部分。他发现其实通过观察人们臀下的部分,就基本可以了解一个人的出身、地位、性格甚至脸上的表情。那个腿肚子上布满盘结蚯蚓一样的曲张静脉、脚上的破胶鞋沾着干牛屎的人绝对是个五十岁左右的农民。那条白皙但滞重的、腿肚子发达的腿的主人应该是纺织厂的一个中年女工。那个屁股在牛仔裤里紧绷着翘着脚上穿着冒牌运动鞋的是个年龄不超过二十三岁的姑娘,应该是个爬杆比猴子还要快的女电工。那个屁股上的裤子被木板凳蹭得发了亮,脚上穿一双比较干净的布鞋的男人应该是某家工厂的一个中年会计员。那条沾满柴油的绿军裤的主人是个复员兵,拖拉机手。那个屁股肥大的毛料裤子是个乡镇的小干部,绝对不是乡镇的主要领导。那条在红裙子中轻轻踮动的白腿花袜高跟凉鞋是个胸脯干瘪的基层供销社女售货员。那扎着的裤管下两只套在黑布鞋里的尖脚是哪个村的一位老大娘,她有一个女儿嫁到了县城。那挽着的黑裤管下裸露着的瘦腿跋着车轮胎缝成的简易凉鞋、脚指甲里积满黑垢的是像我父亲一样的老农,上尉有点心酸地想。他觉得人的思想岁月都在腿上脚上充分地表现出来,屁股上的表情基本上也就是脸上的表情。

  他猛然想起,应该买一张去马庄的汽车票。看看腕上的表,已是下午四点,正好还有一趟五点的车。他让一条百褶的白裙从眼前晃过,那趾高气扬的白塑料凉鞋说明这是一个滚刀肉一样难缠的女人。他放过一条灰的确良裤子裤缝如刀不知天高地厚的小干部子弟。他抓住了那只沾有蓝墨水的裤角,递上去一张十元人民币,恳求着:"老师,我的腿坏了,劳驾您代我买一张去马庄的票,五点的。"说着,他把那两盒包装精美的糖果举上去,说:"这是两盒糖,送给您的小孩吃。"

  "这怎么好意思……"上边客气着。

  "拿着吧。"

"要不……我拿一盒……"

"真的别客气。"

"这……真不好意思,举手之劳……"手还是拿了糖,说,"您等着,我帮您去挤。"

蓝墨水的裤脚消逝在腿的密林里,上尉一点都不担心蓝墨水裤脚会拐款潜逃,尽管他根本没抬头看他的脸。在嗡嗡的人声里,几十只苍蝇围绕着他飞舞。上尉眼皮黏涩昏昏欲睡,他果然就打起了瞌睡。

"同志,同志。"蓝墨水裤角用食指戳着他的肩头说,"同志,您的票,马庄一张,票价一元四角,余款八元六角,请查收。"

上尉接了票,连声道谢。

蓝墨水裤脚关切地问:"同志,您的脸色很难看,是不是病了?"

上尉忙说:"没有,没有,我很好,谢谢您的关心。"

蓝墨水裤脚善意地嘟哝了一句什么,挤到腿林中去了。

上尉看看票上标着的检票时间距现在只有二十多分钟,他仔细地把面前的腿脚辨别一番,确信没有危险了,便整理好行包,想站起来挤到候车室里去。然而就在这一瞬间,他看到那条狡猾的黑狗像泥鳅一样从腿的缝隙中游刃自如地钻过来。

上尉痛苦地把身体蜷缩起来,脑袋深深地埋在双膝间。但随即他就意识到,即便钻到垃圾堆里去,也难以逃脱这条狗的跟踪,而摆脱不了这条狗,也就摆脱不了那个女人。于是他抬起了头,攥紧了拳头,牙齿错得格格响,腿弓起,做跃跃欲试状,他想那狗一旦钻到面前,便像猎犬一样扑上去,扼住他的咽喉,咬断他的喉管。但那件绿裙子已经从天而降般地挡住了他的视线,黑狗毫无疑问地蹲在了她的背后。她的味道逼退了所有的味道,把上尉笼罩起来。他丧失了抬头看她脸上微笑的勇气。她的绿裙如一泻瀑布,到小腿肚中央时却突然中止,然后是肉色丝袜,然后是托尔斯泰的女人们穿过的华贵皮靴。上尉不得不看到女人修长得令人惊讶的双腿,这是应该令人爱慕的两条腿,但在上尉的心里,更多的是对这两条腿的恐惧。

上尉想起了许多惊险电影中摆脱跟踪的办法,但一个也不能用。他又想与其坐以待毙不如活动起来。活动创造机会。

他提着包站直身体,脸几乎擦着了她胸前的花束。女人的微笑和渴望一如既往。她吸引了无数的目光,因为她站在这肮脏的售票大厅里如同孔雀站在家鸡群中一样显眼。那无数面孔中似乎有许多似曾相识。上尉侧着身子绕过女人。在他的眼前竟然闪出了一条狭窄的甬道。他立刻明白了女人和她的狗紧紧在跟随着自己,这道路正是为她所让。上尉想自己正扮演了《狐假虎威》中那只狐狸,形式上类似,但心境大不一样。售票大厅与候车室之间有一个过道,过道两侧有两间杂货铺,还有两间厕所。上尉眉头一皱,计上心来。他紧走几步,钻进了男厕所,上尉进了厕所,提着包打量着墙壁、窗户、塑胶天花板。墙壁无门,天花板无缝,窗户上钉着比大拇指还粗的钢筋。正在厕所里解决问题的人好奇地看着他。而此刻,门响,女人像一片绿色的云闪了进来。她视一切若无物,其实她什么也不看,只要一找到上尉的脸,她的视线和脸上的表情便凝固了。男人闯进女厕所问题严重复杂,一个怀抱鲜花的美人闯入男厕所竟没人吭气。他跑出了男厕,听到里面几个男人把女人搂抱了起来,黑狗竟然没有动静。

上尉分明看到它跟进了厕所。这是他难能再逢的脱身良机了。他急匆匆跑了几步,但难以忍受的巨大痛楚使他再也挪不动半步,女人灿烂的微笑、洁白的肩膀、柔软的长嘴、丰满的乳房,还有绿色长裙、夺目鲜花、修长双腿以及那醉人的气味突然涌进他的脑海。他听到厕所里的挣扎声。他扔掉行包，撞开男厕所的门，看到男人们几乎就要把她按倒在汪着尿水的地面上了。上尉正要冲上去，那条黑狗已经耸着肩上的毛，像几道纵横交错的黑色闪电，把几个男人咬翻在地。

女人的脸上挂着几滴晶莹的泪水。看到上尉她立即破涕为笑，然后对着上尉扑上来。上尉在一瞬间冷静了。他伸出手握住了她的腕子，没容许她像颗肉弹一样扑进自己怀中。

经过这番磨难，上尉觉得自己与女人疏远了的情感又突然被拉近了。他看到了她的泪水，知道她不仅仅会微笑。她是会哭又会笑的女人，不是妖精。上尉对自己的英雄行为感到满意，对女人的欠债感消逝了。现在，他感到自己像一个心胸正直的大哥哥，而女人则是一个傻乎乎的小妹妹。他用手指梳顺了她的长发，整理了她怀中的鲜花，拉平了她的裙裾。在这个过程中，他感到自己的心里泛着淡淡的忧伤。女人笑着，睫毛上挑着几点水珠。

上尉无可奈何地叹了一口气，然后说："小妹妹，你不要跟着我啦，我后天就要结婚，你这样跟着我，将给我带来无法收拾的后果，你听明白我的意思了吗？"

女人微微地点着头，脸上挂着微笑。

上尉说:"带着你的狗回家去吧,世上坏人太多。"

说到狗,一个疑团在上尉心中升起:为什么这条狗只有当我返回厕所时才跳起袭击正对它的女主人施暴的男人们,而在这之前,它好像一直在观望。它的袭击好像是专门做给我看的,或者,它是故意让女人的挣扎声拖我回去……想到此,上尉心中紧张,这条狗简直是一个深刻的阴谋家。它蹲在女人身后,眯缝着眼睛,一条平凡的黑狗,并无任何惊人之处。

这时,悬在墙上的喇叭催促去马庄的旅客赶快检票上车,说汽车即将开走。

上尉握了一下她的手腕,说:"求求你,好姑娘,快回家去吧!"

他拎起包,匆匆跑向马庄的检票口。从兜里摸出车票时,他无限欣慰地想到,女人和她的狗没有车票,站口的检票员会拦住她,等她买来车票——看样子她身上也不会有钱——况且也不会允许黑狗登车——那时我已坐在汽车上,疾速地远离了这个女人同时也疾速地逼近了那个闹钟姑娘。

检票口的铁栅栏内已经没有旅客,只有一位身穿蓝制服,满脸蝴蝶斑、神色倦怠的女售票员倚在门边。

上尉递过票,她接了,略看一眼,吧嗒剪了一钳子，说:"马庄，快点，要开车了。"而这时那条黑狗擦着检票员的裤脚溜了进去，她竟然毫无知觉。上尉看到售票员脸上闪出了惊愕的神情，他知道这神情是为了她而不是为了自己。他想说什么。售票员反掌在他背上推了一把，他已经进了站。

上尉跳上空空荡荡的汽车，拣了一个位置坐下。他看到司机趴在方向盘上打瞌睡。那条黑狗无影无踪。他知道它绝对在车上。他想如果售票员拦住她，单独一条狗跟到马庄就变成了好事，干掉它，剥它的皮，吃它的肉。他回头，透过车后的玻璃，看着检票口。她怀抱着鲜花，面带着微笑走了进来。美女从来不买票。

她上了车，选了个座位坐下。她侧着身子，把微笑和鲜花献给上尉。

喇叭放出了为汽车送行的音乐，司机抬起头来，扫了一眼车内的旅客，一脚蹬开发动机，拉了一下气动门的开关，呱哒一声响，门关上了。汽车缓缓爬行，上尉闭上了眼睛。

二

公共汽车到达马庄。红日西沉。王四下了车，女人也下了车。那条黑狗在他们后边跳下来。

这里离王四的家还有三里路。一下车王四就遇到了小学时期的同学马开国。马开国现在是镇供销社的经理。马开国说这不是王四兄吗？王四说是我。马开国说你怎么弄成这副模样？像刚从垃圾堆里钻出来的一样。王四说伙计，一言难尽！马开国的目光已经被站在王四身后的女人吸引去了。王四说马开国！马开国！马开国羡慕地说王四兄，这位就是四嫂子吧？王四说我正为这事犯愁呢，伙计。马开国说老兄真有两下子把洋妞儿弄回来了！什么时候请我们喝喜酒呀！你这小子，也不替咱介绍介绍。王四说你他妈的住嘴听我说，我根本不认识她！马开国说你这小子捣什么鬼！王四说我真不认识她。她跟着我非跟着我不行。马开国哈哈大笑着说行了行了你看看嫂子在笑你呢！

王四一回头，女人的微笑依旧。

马开国说："四兄，四嫂子，再见！"

王四拉住他，恳求道："马兄，帮帮我，把她带到你们供销社饭店住一夜。"

马开国说："别假正经了。改天我去看你们。嫂子，再见。"

"马开国你别走！"王四喊着。

马开国骗腿上了自行车,在车上笑着回头说:"四兄,真有你的!"

王四绝望地看着马开国被夕阳照红了的背影消失在一条巷道里,很多的人在路上走动。他生怕再碰上熟人,便转身下了公路,爬上了一道河堤,望见了他的老家李家庄和与李家庄毗连着的他未婚妻闹钟姑娘的老家桥头堡。

王四不想引人注目地站在这里,他下了河堤,沿着泥泞的河滩行走。河滩上生长着一些细弱的高粱,还有茂盛的杂草,再往里去,则是一大片与河水相连的高大茂密的墨绿色芦苇,女人紧紧地跟着他,裙子的下摆在野草的梢头摆动。黑狗在杂草里一耸一耸地蹿跳着。

王四渐渐地进入了芦苇丛。柔软的苇梢在他的身体和手中的行包的碰撞下焦躁地晃动着,并且发出哗哗啦啦的声响。苇叶边缘上的锯齿状硬刺在他的脸和耳朵上拉出了一道道血口子。他感到那些伤口火辣辣在发着烫,但没有丝毫痛楚。血红的夕阳洒在部分苇叶和苇秆上,渲染出一种类似悲壮的气氛。王四自认为很像一条胡碰乱撞的野狗,但回头看到那墨绿长裙与芦苇浑然一色、一束鲜花妖艳、满脸微笑灿烂的女人和那条泥鳅般滑溜地在粗壮的苇秆间钻来钻去的黑狗时,他立刻修正了前边的假设,认为自己更像一匹被猎人和猎犬追逐着的狐狸。猛回头时,一柄芦苇的剑叶锋利地锯了他的眼睛,呆钝的剧痛使他的脑袋突然膨大许多,黏稠的热泪凸出眼眶。他不由自主地呻吟起来,手中的行包跌落在地,双手捂住了眼睛。钝痛由眼睛进入鼻腔、进入双耳,他感到自己正在体验着比导致痛哭的痛苦还要痛苦若干倍的痛苦。黏稠的液体沾满了手指,他惧怕地想到:坏了,眼球破了!黑暗的浓重阴云爬上了他的心头。他感到自己十分悲惨,非常可怜。他放下捂住眼睛的手,困难地睁眼睛。眼皮异常沉重,但终于在忧虑重重中开了一条缝。一道强烈的光线像箭一样刺进眼球,眼皮又疾速地合拢了,眼泪又汹汹涌出。既然还能感受到光线,说明眼睛还没瞎。这个惊喜的念头明亮地驱逐了他心头的黑暗。因为眼睛遭受的苦痛他感到了一种还清债务般的轻松。他粗野地转身,身体夸张地推搡着芦苇,睁开绝对红肿了的眼睛,大声地吼叫着:"我的眼睛瞎了!瞎了!你现在总该满意了吧?"

橙黄色的阳光还是那么强烈地刺激着他受伤的眼睛,泪水不绝,酸麻胀闷的感觉持续着。他确凿地知道自己的眼睛没有瞎,但是他又一次吼叫着、特别地强调着:"我的眼睛瞎了!"

他的眼睛没有瞎，但视物模糊。无边的芦苇弥漫成一道幽蓝的高墙，那女人竟如同一块镶嵌在墙上的浮雕，狗蹲在她身体右侧，轮廓模糊，只有两只狗眼红红的，像绿墙壁上的两颗红光斑。

后来那道壁立的绿障渐渐涣散了，橙黄的阳光如同一股股轻清的烟雾、一道道明亮的洪水，在芦苇间流淌着、游荡着。那些芦苇棵棵笔挺、荷剑肩戟，仿佛一群群散乱的、密集的士兵。

女人脸上挂着两行蓝色的泪珠，鲜花灿烂，鲜花枝叶灿烂，仿佛用金箔、银片、贝壳镶嵌拼贴而成。狗是一匹黑色的冰凉玻璃狗。她的嘴唇哆嗦着，好像要说什么似的，但她终究没开口。王四意识到，要想让这个女人开口是比登天还难的事情。他说："我警告你，你如果继续跟踪我，我真要杀死你了！你不要以为我是吓唬你，"他指划着左右前后，继续说，"这里是前不靠村，后不靠店，打死你，然后把你扔到河里，没有人会知道！"

女人入迷地盯着他的嘴唇，笑容绽开，味道放出，顿挫了王四的嚣张气焰。他清楚地知道自己绝对不是那种能够对女人下狠手的男人，尤其是对面前这个女人。他无可奈何地打量着周遭芦苇，愈来愈重的暮气、被芦苇分割了的缓缓流动的河水,河中的水腥味儿、芦苇的微辛味道在黄昏时分格外浓重。这时他看到在女人和狗的后方,在芦苇丛中,有一团暗红的蓬松乱毛在微微抖颤着,他辨别出那是一只红毛狐狸并随即嗅到了狐狸的臊气。他本能地把狐狸和女人联系在一起,把神话与现实联系在一起。一切的关于女人的令人困惑不解之处,似乎都可以从狐狸身上找到答案:这女人是狐狸变成的。她是一匹狐狸精。王四想起自己当水手时在舰船的潮湿舱房里躺在那狭小的铁床上摇摇晃晃地阅读《聊斋志异》的情景,那时多么希望有一位美丽温柔的狐女来到自己的身边。现在,狐女近在咫尺,如影随形般地跟着自己,理想变成现实,结果却是如此痛苦。王四自我解嘲地想:我是他妈的真正的"叶公好龙"!他有些胆怯,但并不恐惧,甚至又一次感到轻松。王四被一个女人跟踪是丑事,但王四被狐狸精跟踪着却是奇谈,是美谈,不但不必掩饰,甚至可以大肆地自我宣扬。被狐狸精迷过的男人是有仙气、有灵气的男人,舆论不谴责这种男人,纪律不制裁这种男人。王四感到自己真正地轻松了。他的视力在轻松心情下飞快地恢复了。他看清了狐狸那优美的线条,那狭长的鼻梁和弯曲在身后的扫帚尾巴。他尤其感到狐狸的眼神与女人的眼神完全一致。

他感到自己一天来的狼狈逃窜是一场虚惊，问题早就应该如此解决——他从旅行包中摸出了一节用火鸡肉制成的大火腿肠，撕掉缠裹的油纸，炫耀似的对着女人晃了晃，他笑着说："我现在才明白你为什么要跟着我了。我知道你是狐狸，但我不怕你。给。"他把火腿肠扔到狐狸眼前。狐狸惊恐地跳起来，用那小巧的蓝鼻子去嗅火腿。王四心中十分得意，但情况突变，把他的得意撕得粉碎：一直蹲踞在女人身侧的黑狗凶猛地跳起来，一口就咬翻了狐狸。狗晃动着头颅，耸动着颈上的毛，喉咙里发出低沉的呜噜声，狐狸发出凄厉的鸣叫，在狗的嘴底滚动着，像一个火红的绣球。一股极其难闻的味道突然挥发出来，熏得他想呕吐。黑狗松了嘴，团团旋转，狐狸叼起火腿肠，一溜红光，消逝在芦苇丛中。

潮湿的泥地上，留下了几撮金黄的狐狸毛，女人姿态依旧，对适才发生的一切仿佛没有看见。王四悲哀地想：狐狸就是狐狸，女人就是女人，想凭借鬼狐故事解救自己出困境的幻想彻底破灭了。

天色愈暗，有一些水鸟在草丛中鸣叫。他抬眼望望在晚风中波浪般翻滚的芦苇，想起了八路军打游击的若干故事。凭借着青纱帐的掩护，他自信一定能够把这女人甩掉。主意拿定，他盯着女人的脸，缓缓蹲下身去，悄悄地抓起两把泥土,又慢慢地站起来。他高叫一声:"看好!"然后猛扬起左右手,把两把泥土打在女人的脸上。

王四弯着腰,用张开的手掩护着眼睛,用头颅开道,在芦苇丛中疾速地穿行着。他感到芦苇柔软的秆儿在自己的身体四周弯曲着让开道路,又随即合拢。他感到脚下的泥土越来越黏稠,如果不是鞋带紧系,鞋子早就被泥巴吸掉了。他看到了河水,并且看到了水中那些绚丽的晚霞倒影。在大口的喘息中,他想起了泥土在女人脸上炸开的情景。他感到水中冰凉,开始为自己的残忍后悔。当然这后悔也仅仅是活跃在一闪念间,因为身后的芦苇响声向他表明:女人和狗随后就到。

他惧怕回头,但无法不回头。女人满脸污泥,显得既可怜又可憎。一股狠劲在王四心中蠢蠢欲动,他的双手因紧张而痉挛起来。女人一笑,脸上的泥往下脱落。王四咬牙切齿地说:"我掐死你这个狗娘养的吧!"

王四扑上去,双手准确无误地抟住了女人的脖颈。女人嘴巴张开,像一个蓝幽幽的洞穴,一声青蛙鸣叫般的叫声伴随着强烈的腐草味道从洞穴中冲出来,直扑他的面颊,刺激得他的眼睛酸麻,泪水浸出。这时他的双手的虎口部位异常敏锐地感觉到了女人脖颈上的滑腻和温暖。他产生了手捧着初生绒毛的鸟雏的感觉,温柔、善良、恻隐、法律、道德……千头万绪涌上了他的心。他松了手,看着女人颈上的红痕,悲凉之雾从他身后的河水中蒸腾起来。他叹息一声,转身,一个鱼跃,钻进了河水中。

王四是带着自绝的念头跳进河水中的。在身体下沉的过程中,他的手脚并拢,没做丝毫的挣扎。缓缓流动的河水轻轻地冲击着他的身体,使他感到舒适。这种冲击类似一种爱抚。在下沉的过程中他一直流着泪。越往下沉越凉,沉到河底时,他昏沉沉的头脑在冷水的刺激下清醒起来。他睁开眼,先看到黄澄澄、雾蒙蒙的一片,耳朵里隆隆地响着,继而则出现幽蓝的水底颜色,十五年的水上生活培养了他对水的适应性和在水底察言观色、辨别方位、冷静思索的能力。他看到有几匹犁铧般的大鲫鱼在几蓬水草间游动着,吐着一串串扶摇上升的水泡泡。他趴在河底,双手穿透浅薄的淤泥,插在沙土中。他想到了水上那丰富的生活,感到投水自尽是很愚蠢的行为。天无绝人之路,既然连死都不怕,还怕什么呢?他感到胸口发闷,知道血液中的氧气已经不足。一条弯弯曲曲的水蛇在他头上游动着,他打算浮出水面了。他把固定身体的双手从沙土中抽出来,身体立即在移动中上浮,这时,一个惊喜的计谋突然产生了。逃犯之所以难逃法网,多半是因为气味被狗鼻子追循。聪明的逃犯常常借助河水消灭气味,摆脱狗的追踪。王四之所以甩不掉女人,吃亏就吃在那条黑狗身上。这真正是歪打正着的一个妙招。王四大口地喝了两口腥腥的河水,屏住呼吸,施展水底功夫,箭一般向下游蹿去,这是顺水行舟,毫不费力,逃脱追踪的强烈愿望鼓舞着他尽可能地往远里游,尽可能长地在水下潜行。一直坚持到胸口胀满、耳膜压痛时,他才靠在水边,手把着两株芦苇,把脑袋慢慢地伸出水面。他做得很好,几乎没发出任何声响。清新、浓郁、无比珍贵的空气从他张开的嘴巴和鼻孔中扑入他的身体,他顿时感到轻松了。

王四抹掉障眼的河水,满怀希望地扫视着金光闪闪的河面。他希望水平如镜,果然是水平如镜。这次脱险像电影故事一样漂亮,他轻松地想,十几年的海军没有白当。河上细波如鳞,狗在芦苇丛中鸣叫。王四提高警惕,把身体尽量地往下搐,又撕了一把水草,顶在头上,只露出眼睛观察,只留下鼻孔喘气,他感到河边的水热乎乎的,身下的淤泥滑溜溜的,这样潜伏着甚至是一种幸福。

王四的幸福总是来得快去得也快,他最不希望发生的事情眼见着发生了:那个女人,突然出现在他的视野里,就在河的上游方才他跃入水中的地方,身着绿裙、怀抱鲜花的女人径直向河中走去。她全身笼罩在金黄的暮色里,显得庄严神圣。河水淹没了她的膝盖后,绿色长裙便在水面上漂浮起来,黑狗也开始鸣叫,它躲在芦苇丛中,王四只能听到它的叫声但看不到它的身影。愈往河心走,绿裙浮起越大,终于成了一团大莲叶。水淹没了她的腰,裙裾缓缓地转到了她的左侧,随着流水的走向,摇曳成一束宽大的海带形状。渐渐地淹至胸脯了,王四的心揪了起来。她的鲜花好像植根在她的胸脯上,不上升,不下垂,水无法改变它们的形状。满河金黄流水,半截碧绿女人,一束艳丽鲜花,背景如烟似雾,构成一幅油画,很美很辉煌。她继续前行,河水使她的身体晃动了,披肩长发漂起来,狗叫声里有了焦急的情绪,河水淹没了女人的头颅。

　　王四又一次流了泪,他知道自己的潜伏已经没有了意义。女人在河中心沉浮着,时而露出一朵花,时而举起一只手。他爬到芦苇与河水的交界处,呆呆地看着,一切似乎都解决了。女人与河水一起流着,一寸寸地流到他的面前,狗叫声也渐渐地响到了他的眼前。他突然大声呜咽起来,因为他已下定决心让女人从自己面前漂过去。看起来女人是自己走进河中,实际上是我引她到了河中。她在水中挣扎着,她在生与死的分界线上浮沉着。世上难道还有比见死不救更可鄙的吗?何况不单纯是见死不救。王四动摇起来。他感到这女人的精神太可贵了,太难得了。她为了我勇敢地选择了死亡。我要么自杀,要么救她。

女人漂到了王四面前,狗站在他的身旁对着河水鸣叫。狗眼里有闪闪的水花,说明连狗都哭了。好像为了响应狗的召唤似的,女人的一只手突然伸出了水面。粉红的手,金黄的手,宛若一枝兰花。她的手指间好像生着一层透明的薄膜。

王四没有再犹豫,他奋力一跃,久经训练的身段潇洒俊美,拖着绸带一样美丽的光弧,刺入了水中。这条河不宽,几下子他就到了河心。那只手又高擎起来,他经验丰富地从反面攥住了她的手脖子,让她的手指无法抓住自己。借着这股劲儿,女人的身体像一条大鱼,打着挺蹿出水面。王四提防着她用另一只手抓捞自己——这是一般的规律,许多救人者因此而与落水者同归于尽——一旦如此,他准备照惯例对准她的太阳穴轻击一拳,让她暂时昏厥,然后拖着她的头发,拖她上岸。但女人的另一只手死死地搂着那束花,没有丝毫放弃的意思。王四松开拳头,叹息一声。他不忍心去揪她的头发了,只攥住她的手脖子,奋力地踩着水,借着流水的劲儿,向滩涂靠拢。在水里,他头脑清醒,四肢灵活,俨然一个英雄。他再次感到了军人的骄傲和光荣。这时,那条一直在芦苇中哀鸣的黑狗,竟然也奋勇地跳入河水,向他和她游过来。王四看到,它的跳水姿势不错,但游泳技术实在糟糕。要不人们为什么把初通游泳者的笨拙泳姿叫作"狗刨"呢,他想着,几乎要笑起来。狗只露着鼻头和眼睛,脊背成了一条线,尾巴淹在水里,像一张简笔画。王四骂道:"他妈的,我不跳下来,你也不跳;看到我跳下来,你也跳下来。学英雄也不是你这种学法!"

狗游到她身边,张嘴咬住她的裙裾,立即呛了水。它吐掉裙裾,啪啪地打着响鼻。王四鄙夷地看着它那张狗脸,啐了一口。他加紧动作,只几下,脚就触到了河底的淤泥。他站直身体,一手揽着女人的颈,一手托着她的腿弯子,把她平托到岸上。他感到自己的腿在淤泥里陷得很深,几乎不能自拔。

走到比较干燥的地方,他放下女人,感到腰酸腿软。试试女人的鼻孔,有气息喷出,他放了心。女人还昏迷着,绿裙长发鲜花,凌乱在地。她的腹部膨大,他知道原因何在。这时黑狗狼狈地靠过来,毛儿贴在身上,尾巴拖着,可怜又可厌。王四狠狠地踢出一脚,黑狗猝不及防,翻了一个滚,呜叫着,滚起来,抖擞身体,抖出几百滴水。此时王四感到自己在精神上绝对优越,压倒了女人,更压倒了这条落水狗。

王四捎起女人,让她的腹部压在自己肩上,颠动着向前走。走了十几步,一股清水,从她的嘴里喷出来。因为她的头颅垂在他的胸前,她的头发有的粘连纠缠在她的脖子上,有的直垂挂到他的膝盖处,所以那些水一半吐在他的肚腹上,一半吐在她自己的头发上,淅淅沥沥地落了他两脚。

他捎着她走了十分钟,女人喷了三次水。他感到她的肚子瘪了下去。女人身体丰满,比较沉重,王四奔波一天,身体疲倦,两方面的因素,使他气喘吁吁,难以支持。他把她仰放到芦苇间。自己也一屁股坐在她旁边。女人呻唤几声,睁开了眼睛。她的那几乎永恒的迷人(有时也是可怕的)微笑绽开了,王四感到很温暖。

已是垂老的黄昏了,金黄满世界。女人的裙子紧紧地贴在肉上。裙裾凌乱,露出了她雪白的大腿一条和另一条大腿的内侧。一股热血翻腾着冲上他的脑袋,他感到自己的头变成了一把沸腾着热水的带响哨的壶,发出吱吱的鸣叫,喷着灼人的蒸气。他忍不住地往她身体上看去,所有的苦难都淡忘了。他的手颤抖着触到了她的光滑的大腿。如果不是落水狗在他面前又一次抖擞身体,把冰凉的水点甩到他发烧的脸上,王四就要犯严重的错误了。

他的手仿佛被火烫着似的从她的腿上跳开,他看了一眼湿漉漉的黑狗,扯开裙子,把她的腿盖住了。

王四摇摇晃晃地站起来,他感到极端疲倦,又头晕又恶心,心脏和肠胃一阵阵地痉挛、绞痛。他特别想抽一支烟。他打开旅行包,从尽底下找出了那个金光闪闪的、原准备送给大舅子的强力防风打火机,又拆开一包硬盒"万宝路",啪,按火机,在瞪瞪的蓝色火苗中点着烟,贪婪地吸着。他渐渐地安定了。

王四不看女人看着芦苇,哀伤地说:"好姑娘,咱俩前世无怨。我招惹了你,也救过你两次,将功折罪,你放了我吧!"

他收拾好行包,站起来,往前走。脑子里晃动着绿裙里的风光。他心里矛盾重重,走出芦苇地,无法不回头,回头看到狗和女人也走出了芦苇地。

三

他在通往李家庄的那道黑色的石桥边站定了,夕阳如血,映照着哀愁的河水,狭窄的高粱叶子忧悒地低垂着,蟋蟀在泥土中凄凉地鸣叫。上尉感到无限的辛酸涌上心头,泪水流到颊上。他用手抓住她冰冷的肩头,晃动着她的身体,说:"姑娘,你是哑巴吗!你是聋子吗?你如果不是哑巴也不是聋子,就请你告诉我,你叫什么名字?你家住哪里?你为什么一个人站在桥洞里?你这样死死地追着我,究竟要达到什么目的?你告诉我!你告诉我!"

上尉粗暴地推搡着她,对着她吼叫。她的嘴唇颤抖着,眼眶里盈满泪水。她那副温顺可怜的样子唤起了上尉心中的柔情,他松开了她的肩膀,说:"我知道,你也许是个好人,但你知道,我后天就要结婚,如果我把你这样一个身份不明的女人带回家中,结果会怎样?求求你一千遍地求你,带着你的狗,回去吧!"

女人的泪水扑簌簌地滴到湿漉漉的花朵上,上尉说:"求你了,小姐!"他转身走上桥头。暮气沉重,河上闪烁着暗红色的光辉,他看到自己的影子长长地倒在河里。没有女人的影子,也没有黑狗的影子。一种类似孤独的滋味爬上他的心头。他骂着自己:混蛋,你不能再去招惹她了!你为她度过了一生中最悲惨的一个下午。年久失修的小桥在他的脚下晃动起来。他每前进一步就感到莫名的痛苦加重了一分。走到桥头上,他无法控制自己,回过头去。她站在桥的那头,身旁是那片瘦弱发黄的高粱,好像一片鹅黄的云。那花那人那狗都如涂了一层釉,闪闪地放着光彩,河面上升腾起一团团雾气,血红的大月亮,宛若一匹红马驹,从广阔的地平线上跳跃出来,河上立刻出现了月亮长长的红影子。上尉心中的温情又恶性膨胀了,女人那无法言表的妙处又一次涌上他的心头。他感到自己是个卑鄙无耻的小人,不是一个敢爱敢恨的男人。多少浪漫故事在他的脑海里浮现,勇气在他心中陡然翻腾起来,他迈步向桥走去。

上尉仅仅走了两步,那条静静地蹲踞着的黑狗就蹦跳着欢呼起来。狗为先导,女人紧跟着,飞上了黑色的小石桥。她的绿裙的后摆飘扬起来、她的那些浅蓝的头发也飘扬起来。这是他的幻觉,其实她的头发粘在颈肩上,她的裙子则纠缠在双腿间。她张着双臂,高擎着鲜花,朝上尉飞来。一瞬间上尉热血澎湃,把功名利禄抛到脑后,竟然也张开双臂,扑向飞来的女人。他与她在桥中央那块摇摇晃晃的桥石上相遇，四臂交叉，嘴唇相接。他感到女人的身体无处不跳动，好像她身上生着一百颗心脏。她的嘴贪婪得可怕，上尉觉得自己嘴里漾开了淡淡的血滋味。灰白的恐怖感又从他脑后渐渐扩散，他感到自己的热情之火渐渐熄灭了。他试图挣脱出来，但女人紧紧地贴在他的身上。他又后悔了。月亮已脱离了河面，悬在那些高粱的梢头，银色的光辉洒在河中，也洒在他们身上。上尉觉得身上发冷，他用力把女人推开，说："行啦，姑娘，咱俩相识，算是冤家聚头。咱们的关系到此为止。我后天就要结婚，今晚上你就到马庄镇饭店住宿，明天该回哪里就回哪里吧。"

女人痴迷地站着，怀中的花朵瓣瓣如玉片雕成。黑狗静静地蹲着，宛若一尊雕像。

上尉跑回桥头，提着行包进了村，街道上悄无人迹，村子里千家灯火，间或有孩子的哭声和狗的叫声从这家屋里那家院里传出来。

上尉的脑子里好像钉上了一幅画：一轮明月当空照耀，月下的小石桥，桥上怀抱鲜花的女人和黑色的狗。

他暗暗地骂着自己：你是个无赖！懦夫！狗都不如的东西！

靠近家门一步，对自己的痛恨和对女人连同那条黑狗的担忧就增强一分。

上尉跨进了家门。

迎接他的是他父亲的一记耳光！

上尉被扇得头昏脑涨。他大声地、外强中干地争辩着："为什么打我？"

他的父亲铁青着脸说："混账东西，你干的好事！"

尽管他早就考虑到事情可能会暴露，但没想到会如此迅速。

四

王四费尽了口舌，也无法把事情向他的父亲、母亲解释清楚。坐在粉刷一新、贴满了剪纸、摆着四个闹钟、挂着六块电子钟的洞房里，他感到饥寒交迫、头晕眼花。他的父亲还在骂："党白白教育了你！无病鬼上身？你不去招惹她她会跟上你？天大的一个县，比你俊的青年成千上万，她不跟别人为什么偏偏跟着你？"

他的患有肺病的母亲喘息着、唠叨着："孽障，你这不知道深浅的东西！好事不出门，丑事传千里。话没有腿跑得比马还快！半过晌就有人把话传回来了，说你在汽车站上勾搭上了一个女妖精，还有一条黑狗！作死吧你……"

父亲说:"桥头堡上怕是早知道了,这年头人心奸怪,谁不想看热闹?谁肯把话烂在肚子里?要是人家知道了,这婚也就甭结了,这门亲事也要散了!"

"散了就散了吧!"王四烦恼地说。

"你吃了灯草灰!"父亲愤怒地说,"说得轻巧,花了多少钱就别去说了,这丑名要顶几辈子?走到哪儿都让人戳脊梁骨,这人还怎么活?"

"行啦,我求求你们饶了我吧!"王四用拳头死命地捶打着自己的头颅说,"就算我犯了死罪,横竖也不过一个枪子儿,你们也不能这样折磨我!"

母亲嘤嘤地哭起来。

父亲走到院子里,喀喀地吐痰。

王四像堵墙壁一样倒在炕上,感觉到房子在团团旋转。十只钟表步伐凌乱地跑着。清冷的月光照进窗户。王四拉过一床被子蒙住脑袋,他感到自己正向无底的黑暗深渊坠落。

五

黎明时分,昏昏沉沉的上尉被一阵雨点般的棍棒打醒。他睁开眼，看到手持棍棒的父亲和颤成一团喘成一堆的母亲。

"孩子呀……快起来吧……了不得了……那个妖精堵了咱的门口了……"母亲哆嗦着、喘息着说。

父亲又一次举起了棍棒，劈头盖脸打下来。有一棍子恰好打在上尉鼻梁上。他感到鼻子酸痛，两行热泪，两股鼻血，平行着淌出来。上尉从炕上跃到地下，一把夺过父亲手中的棍棒，愤怒地掷之于地，说："你没有权力这样打我！我是国家干部！犯了罪自有国法处置，要枪崩我也轮不到你动手！"

父亲脸色苍白，坐在了地上。

上尉用手捂着鼻子，走到大门口。

怀抱鲜花的女人怀抱着那束鲜花站在大门口那株刺槐树下，黑狗蹲在她身旁。朝霞万道，上射云天，太阳正在喷薄，门外的水沟里和沟外的田野里氤氲着袅袅白雾。女人浑身上下都被露水打湿，鲜花不例外，黑狗也不例外。

上尉此时没有了惧怕，女人的不屈不挠的精神虽然给他带来了无穷的麻烦但也确实让他感动。他把手从鼻子上放下来，鼻血又汹涌地蹿出来。

女人眼里的清明泪珠滚滚地涌出来。她扑上来，伸出舌头,一下下地舔着上尉的鼻血。他感触到了她温暖的仿佛生着细刺的舌头和冰凉的嘴唇,并且当然也嗅到了那股从她口腔里涌出来的骡马草料的味道。

黑狗低沉地呜咽着,好像一个男孩在哭泣。

父亲的毒打激发了上尉的仇恨,仇恨在女人口腔中味道的催化下,又变成了勇气。他拉住她的手腕,一直把她牵引到那间有十只钟表的新房里,黑狗寸步不离地跟随着。

他感到她的手像冰块一样。

母亲泪眼婆娑地说:"闺女呀,你快走吧,你不能把俺一家子都毁了啊!"

上尉说:"问题没那么严重!"他对女人说:"你坐着,我搞点东西吃。"

他从饭橱里找出一把挂面,放到锅台上,从水缸里舀了两瓢水倒进锅里,盖上锅盖,蹲在灶前烧火。

母亲说:"好闺女,吃点饭你就快走吧,俺儿明日就结婚,他媳妇一会儿就要过来看他,你要是不走,俺的日子就过不下去了!"

父亲愤怒地说:"你跟她啰唆什么?正经人家的闺女哪能有这样的?不是婊子,也是娼妓!"

上尉从灶前站起来,铁青着脸说:"爹,你不要胡说!"

"我胡说?"父亲尖利地笑着,"我胡说?我怎么能养了你这么个逆子?"

上尉说:"事情是我做下的,该杀该剐由我一人承担!"

父亲怒骂着走出了家门。

女人和狗来到灶旁蹲下,时而看着灶里跳动不止的火苗,时而看看上尉沾满鼻血的面孔。她时而微笑时而流泪,狗也一样。她颤抖不止,狗也一样。

母亲哀求着:"儿啊,你快点把水烧开,煮熟了面条,让她吃了,就打发她走,再晚就来不及了。你媳妇一来,就塌了天陷了地了。"

上尉说:"娘,你甭操心啦,砍头不过碗大个疤,我豁出去了。"

母亲说:"你豁出去可以,但这名声可就臭大了!你媳妇的叔叔是你哥的领导,你要和人家散了,又是为这种事散了,你哥的日子可怎么过哟!闺女,这些话也是说给你听的,你怎么不说话?该不是个哑巴?儿呀,你是被糊涂油迷蒙了心,放着那伶牙俐齿的媳妇不要,竟跟个哑巴勾搭连环⋯⋯"

上尉心中一动,觉得母亲的话也有道理,他说:

"娘,其实我跟她并没有什么真事,她只是我的一个好朋友,燕萍来了,我向她解释就是。"

母亲说:"糊涂儿啊,只怕你浑身是嘴也说不清楚哟。"

上尉看着女人,心中也犹豫了。

这时,父亲带着一个穿警服的人闯进来。

这是一个高个子青年,黑眉虎眼,很是威严。上尉认出他是自己那位在镇派出所当副所长的堂弟。

上尉站起来,女人和狗也站起来。

堂弟冷笑一声,嘲笑地说:"好一个上尉四哥,真有本事,一个四嫂子还不行,又勾来一个二房?"

上尉恼怒地说:"你胡说什么!"

堂弟道:"别生气!俺大伯管什么都告诉我了,你还狡辩什么!这就是那个女流氓?"堂弟从腰里摸出一副亮晶晶的手铐,向女人逼过去。

上尉挺身挡住女人,说:"你要干什么?"

堂弟一伸胳膊,把上尉推到一边,说:"干什么?我要铐起她来!"

上尉扑上去,抓住了堂弟的手。两个人撕扯着,都累得气喘吁吁。

堂弟说:"四哥,你松手!"

上尉说:"你把手铐收起来。"

堂弟说:"好,我收起来。"

堂弟收好铐子,说:"四哥,你哪里出了毛病?你堂堂的海军上尉,怎么能干这种丢人现眼的事?你看看这个女人,像个正经东西吗?未定是哪儿流窜来卖淫的呢?"

上尉说:"你给我滚!"

堂弟说:"大伯,俺四哥护着她,我也没有办法啦!"

父亲啊啊地哭起来。

看着老人苍白的头颅,上尉心中难过。

堂弟说:"四哥,你简直是个混蛋,要不是你比我大,我非扇你的嘴巴不可!"

上尉说:"爹您甭哭了,我跟她并没有什么了不起的事,待会儿让她走就是。"

堂弟说:"四哥,你的心太慈了,对这样的女流氓还客气什么!"

堂弟虎虎地逼住女人,大声问:"你叫什么名字?从哪里流窜来的?"

女人抖抖颤颤地向后退着,一直退到墙角上。

堂弟拍了一下腰上悬挂的手铐,说:"说!不说我铐起你来!"

女人双手搂着那束鲜花,求救地望着上尉。那条黑狗躲在她的绿裙下颤抖。

上尉心如刀绞,上前拉住堂弟的手,说:"你不要这样吓唬她,她没有罪!"

"四哥!"堂弟甩开上尉的手,说,"你是不是打算跟她结婚啊?真要这样我就不管了,我犯不上得罪我四嫂子呀!"

"我的事不要你管了!"上尉挡住女人,伸出双手,说,"请吧!"

堂弟说:"大伯,大娘,恭喜你们了,双喜临门,外带一条黑狗!"

堂弟冷笑着走了。

上尉蹲下烧火,女人和狗又围上来。他苦笑着说:"姑娘,吃过饭你必须走了!"

她的眼里又涌出泪水。

爹提着一把镐头闯进来,掀掉锅盖,抡圆镐头,砸进了锅里,铁锅破了,半开的水飞溅出来,烫了上尉的手和脸。灶里的火被水浸灭,白色的烟灰和水汽一直冲上房顶。

母亲跪在了女人面前,哭着说:"求求你,走吧,求求你,走吧!"

上尉拉着女人的手站起来,说:"你必须走了。"

女人定定地望着他,脸上又是那种微笑。

上尉说:"你都看到了,为了你我已经狼狈透顶,你再不走就没有道理了。"

女人微笑着,狗蹲在身旁。

六

已是中午时分,来看热闹的村人走了一拨又来一拨,孩子们则始终挤在院子里。女人现在跟上尉是寸步不离,那条狗与她寸步不离。上尉走动她跟着走动,上尉止步她对着上尉微笑。狗跟着她走动,或是蹲踞在她身旁。

上尉的父亲已经离家出走。上尉的母亲已昏倒在地。上尉把母亲抱到炕上,她站在上尉身后,狗蹲在她腿边。

上尉走到院子里,她跟着,狗跟着。上尉愤怒地对看热闹的村人说:"都走都走!王四勾搭了一个女妖精,有什么好看的!"村人们窃窃私语着,并不离去,好像上尉、女人和狗是铁笼中的猛兽,尽管龇牙咧嘴吼叫,但并不能伤害参观者。上尉甚至追打那些顽童们,她跟着他跑，狗跟着她跑，那些孩子像猴子一样灵活，跳来跳去地跟他周旋着，院子里的人们发出叽叽嘎嘎的怪笑声。

上尉回到那间洞房，她跟着，狗跟着。顽童们也拥进屋子。有一个男孩用木棍子捅黑狗，黑狗嘤嘤地叫着，把头藏进她的裙裾。

对女人的怜爱，好像逐渐地减弱了。上尉简单地回顾了这二十多个小时的经历，痛感到这是一生中最悲惨的一段时光，所谓的黑暗地狱也不过如此了。遭此炼狱般煎熬的根本原因是自己的荒唐。他想自己不应该去吻她，不应该去厕所救她，应该把她从河中救上来，但不应该在桥头鬼迷心窍般地回首，更不应该赶走前来搭救自己的堂弟。现在他侧着脸闭着眼对她说："小姐，你已经差不多把我搞得家破人亡，对一个男人最重的惩罚也不过如此了，你应该走了，带着你这条可恶的狗！"

女人却把脸来对着他的脸，并伸出舌头舔他的嘴。

上尉趁着自己还没被她口腔中的草料香气弄得昏头涨脑时，将头扭到一边，并迅速抬手，抽了女人一个耳光。

黑狗在女人裙下哀鸣起来。

女人低沉地呻吟一声，眼里盈出泪水，脸上竟然还挂着微笑。

上尉心里又可怜起她来了。她的洁白的腮上凸起了四根红红的指痕。巴掌打在女人脸上，却痛在上尉心里。他强忍住想去抚慰她脸上的伤痕的热望，大声吼着："滚滚滚！统统给我滚！"

七

傍晚时分，闹钟姑娘在两个强健男人的护卫下来到上尉的家。她面色如铁，一声不吭，走进洞房，把十只钟表收进一只提包，然后对着上尉、女人和狗啐了一口，转身就走了。两个男人一左一右保护着她。

收尽了钟表的房间突然变得十分安静，上尉哀伤地看到清冷的月光又一次照在窗户上。

几个男人把他的奄奄一息的父亲从不知什么地方抬进来，放在锅灶旁的柴草上，然后悄悄地走掉了。

看热闹的人也散尽了，院子里静悄悄的。夏末秋初的凉风从田野里源源不断地刮来，院子里的扁豆架上，响亮着一片虫鸣。

精力耗尽的上尉坐在洞房的炕沿上，借着月光，专注地看着女人。女人也在看着他。上尉觉得她的眼里一会儿射出温柔可人的爱之光，一会儿又喷吐着磷光闪闪的地狱之火。那束怪异的鲜花不知在什么时候已经枯萎了,女人仍死死地抱着它。

上尉想起了那条在这场悲剧中扮演了重要角色的黑狗,用眼睛去女人裙边寻找,却没有发现它的踪影。他的脸上露出了一种古怪的微笑。他有气无力地说:"我们被它给玩弄了。"

女人放下枯萎的花束,在月光下缓慢地脱下了绿裙,赤身裸体站在他的面前。她身上磷光闪闪,寒气逼人,宛若一条冰河中的青鲤。上尉的心脏猛烈地跳动起来,一股腥冷的味道包围了他。他莫名其妙地想到了初登舰艇时的情景——一个身材高大的、姓崔的炮手抱着一颗金光闪闪的大炮弹,狡猾地说:"小心着点,滑手必炸!"那个大个子炮手青铜一样的脸色竟与女人身上的颜色极其相似。他知道自己对女人毫无兴趣,但他还是很急地走上前去,搂抱了她赤裸的身体。女人的舌头冷冰冰地伸进了上尉嘴中。上尉感到血液都冻结了。他疲倦地随着女人倒下去。在最后那一刻,他模模糊糊地听到一条狗在黑暗中悲鸣不止。第二天,村人发现上尉和女人紧紧搂在一起死去了。为了分开尸体,人们不得不十分残忍地弄坏了他们的口舌,折断了他们的手指。

(一九九一年三月于高密)

白　棉　花

楔子：围绕着棉花的闲言碎语

人类栽培棉花的历史悠久，据说可上溯一万年。我想可能不止一万年也可能不足一万年，这问题并不要紧。棉花用途广泛，一身都是宝，关系到国计民生，联系着千家万户，是一类物资，由国家控制，严禁黑市交易，这东西很要紧。知道炸药吗？就是董存瑞举着炸碉堡那种东西，那东西里有一种重要的配料，就是从棉花里边提炼出来的。

我们高密县是中国小有名气的产棉县，因为棉花我们县受到过周恩来总理的表扬。说有一年朝鲜领导人跟中国要棉花，周总理给高密县长打了一个电话，说高密县，你们弄点棉花支援一下朝鲜吧。高密县就把全县的棉花集中起来,往朝鲜运。刚运去一半,那边就说,够了够了,不用运了,再多就没地方放了。周恩来很高兴,说高密县真是好样的。全县人民至今还为此事感到骄傲。

关于棉花我自认为是半个专家,从种植到加工,这期间的每一个过程我都清楚。因为我曾亲自干过这些事,而且干了很久,请允许我啰唆一会儿,关于棉花。

农历三月中旬,由于太阳开始向我们靠拢,地温上升,河水开冻,蜷缩了一冬天的农民们,从窝里钻出来,抻抻胳膊舒舒腰,人都仿佛长高了几寸。遍身死毛的牛马也从圈里拉出来,沾着满尾巴满屁股的稀屎,扭动着刀刃一样的脊梁骨,拖着耙子,忧虑重重地走向一望无际的原野。春天的原野其实十分美好,头上是碧蓝的天,脚下是黑色的地,鸟儿在天地间痛苦地鸣叫着,刺猬耸立着枯草般的毛刺在水渠边睡意未消地寻找着甲虫与爱情。蜥蜴在爬行。熬干了脂肪的蛤蟆在水边蹲着叫,叫声和身体都锈迹斑斑。被寒风吹尽了浮土的道路上,我们与牛在行走。棉花地去年秋天就耕过了,冻了一冬,现在很暄,都说春天的地像海绵,有几分相似。我们要在牛的帮助下把地耙平,使坷垃破碎,使水分保持,准备播种。当我们站在铁耙上,肩上搭着长约三米的使牛鞭，手扯着与牛鼻子相连的驭牛绳，身体晃动着，随铁耙波浪式前进时，心中充满希望，很想仰脸歌唱，对着那无情而深情的天空和辽远的大地与天空的接合部，至今我也难以从感情上接受地球是圆的并且绕着太阳旋转的事实，我更愿意天圆地方，"天似穹隆，笼罩四野"，然后是"天苍苍，野茫茫，风吹草低见牛羊"。地球是方的，宇宙是有限的，人活着才有点意思。但即使地球真是方的，宇宙真是有限的，人活着也不容易。田间小憩时，看着疲倦的牛僵立着反刍。一团乱草从牛的喉管里涌上来，逼着它运动嘴巴咀嚼。如果它不咀嚼，就标志着它不正常，于是，郭老肚子便命令我，把一泡热尿滋到牛的鼻孔里，刺激它反刍，这法子有时挺有效，有时根本不灵。此法不灵时，郭老肚子便命令我用鞭杆敲打牛角，试图唤醒牛的反刍意识。这很有点像临济宗的当头棒喝。此法有时灵有时亦不灵。如果它实在不反刍，就说明它确实有病，不能继续使役了。我总想，应该有一些生性狡猾的牛钻这个空子，强忍着不反刍，然后得到休息的机会。幸亏牛们不如我这般坏，否则，人类役使牛类的历史就该结束了。

　　铁耙晃悠悠荡过去，牛的蹄印被耙平，松软的土地露出新鲜的层面。大地犹如毛毡，布满美丽而规则的波浪形花纹。郭老肚子说种地应该和绣花一样。在棉花加工厂工作时,有时我站在数十米高的棉花垛上,常常放眼眺望,希望能看到五湖四海。五湖四海是看不到的,绣毡般的大地却尽收眼底。隔着棉花加工厂那道两米高的砖墙,我感到自己产生了一种进了笼子的幸福。人并不总是想在广阔天地里有大作为的。我看到熟悉的田地上,蠕动着星星点点的农人。我知道他们很辛苦,但在文人骚客眼里,这一切却像诗、像画,这些家伙都是些不生孩子不知道肚子痛的坏蛋。棉花被霜打掉大部分叶片后,棉桃成熟开裂,洁白的棉絮膨胀出来,一片片的棉花,像蔚蓝天空中的片片白云。河流看不出流动,村落像一些玩具,这是我登高远望后精神境界的一次飞跃,怪不得人说站得高看得远呢!这里是成堆的白,外边有青翠的绿,鲜艳的红萝卜,金黄的豆叶,一行行耸立在渠道边像火炬般的杨树。秋天的气息沁人肺腑。站在棉花垛上看棉花地很好,但我真怕回到棉花地里去干活。

春天,我们赶着牛耙地时,村里的女人就围坐在生产队的大仓库里,一粒粒地筛选棉籽。成熟的、颗粒饱满的放在大箩筐里;干瘪的、不成熟的放在小箩筐里。这是一种富有情趣的、应该算是愉快的劳动,因为劳动的强度不大,女人聚堆,又都是结过婚的女人,于是百无禁忌,谈话的中心总是围绕着两腿之间那点物事,欢声笑语震动四壁。

有一天,郭老肚子让我去找保管员领二两麻给牛套上搓一根鞅绳,我便到仓库里找。到了那里我增长了不少知识。

"嫂子,把你那家什给我用一下。"

"你的家什呢?"

"我的家什满了。"

"你那个家什就那么小?"

"你那个家什大!"

"保管员进去正好!"

于是便哄堂哈哈笑。

其他如硬、软、粗、细、长、短、上来、下去等等,都变成与性有关的隐语。据说有一李姓的中年女人,浪得厉害,男人们也都说她性大。有一次她说浪话说上了劲,坐在棉花籽上,把一条裤子都尿湿了。几年后,我在棉花加工厂工作时发现,一群大姑娘聚了堆,浪起来不比娘们差,只不过稍微含蓄,不那么赤裸裸罢了。

棉籽选好以后,要用温水喷淋,然后堆在一起发热,让硬壳变软,以利胚芽破壳而出。等到新芽努嘴时,即用剧毒的"3911"药液拌种,以毒杀土壤中的害虫。棉花这东西特喜欢招虫,什么蚜虫、红蜘蛛、造桥虫、象鼻虫、棉铃虫,简直是虫出不穷。芽苗一出土,就得喷药,一直喷到八月老秋,一群姑娘、半大小伙子在一位技术员的带领下,天天背着沉重的喷雾器,喷洒农药,一干就是三个月。这事儿我干得很够了。起初喷药时,还能嗅到药味,喷几天就什么味道也嗅不出了。六十年代刚兴起农药时,喷药的人要带上防毒面具、乳胶手套、穿长袖衣服,不暴露丁点皮肤。我姐姐她们喷药时都这样。后来,到了我们这拨接过喷雾器时,所有的禁忌都被破坏,即便是喷洒剧毒的"1059""1605"之类高效有机磷农药,我们也不在乎。姑娘们因为胸脯珍贵,都穿着半袖衬衫保护。口罩是绝对不戴,谁戴谁遭耻笑。手套更不戴,生产队里没钱给买,偶尔买一副也珍藏起来,舍不得戴。我们男孩比姑娘们要彻底多了。既然没有秘密要遮掩,穿衬衣干什么?说实话,那时我们谁也不把衬衣叫衬衣,况且农民从来就不穿衬衣,我们冬天一件棉袄,其余的时间一件小褂。什么背心、衬衣、毛衣之类,跟农民没关系。现在当然也有关系了,农民富起来了嘛。穿衣服层次多了第一是麻烦,第二是不利于坦白襟怀。现在都说农民变刁滑了,是不是跟穿衣服层次太多有关系呢?我一进棉花加工厂时,厂党支部书记训话,同志们,我们穿的棉衣、绒衣、衬衣,都是棉花的儿女。这话深刻得我至今不敢忘记。

我们光着背,赤着脚,只穿一条裤头,背着五十斤重的喷雾器,喷洒剧毒农药,与棉花的敌人也就是我们的敌人战斗。我们光背小子挣的工分跟姑娘们一样多。她们有意见,因为她们的衬衣被喷雾器磨破了。我们很流氓地说:"你们也光背呀!"她们不敢光背。据说,乍兴起农药时,那药厉害得很,能毒三辈,就是说毒死的耗子被猫吃了猫也中毒而死,中毒而死的猫被人吃了人也被毒死。中毒而死的人没人吃。农民把自己的尸体看得比性命还珍贵,深深地埋葬,狗吃不了,否则也许还能毒死狗。后来,毒药不灵了,把棉铃虫放到号称剧毒的农药里浸泡半小时,那虫子照活。也有人说不是药不灵,而是人和害虫的抵抗力大大增强。与我一起喷药治虫的方碧玉是一位大眼睛小嘴巴的俏姑娘,我虽然比她小四岁但也经常想要她做媳妇。她很有力气。她从小没娘,由她爹拉扯成人。这家伙的爹会武术,曾经一个"二踢脚"踢死一条恶狗。这家伙从小跟她爹练武,压腿打飞脚,能把脚踢得比脑袋还高。小伙子们都馋她,但怵她的拳脚,只能口头上过过瘾,谁也不敢动手动脚。所以这家伙在棉花加工厂做临时工前,绝对是个处女。这家伙跟我一起在生产队喷药时,不知为什么事想不开了,竟然喝了半瓶子"马拉硫磷",居然没死,只迷糊了几天,据说打下了几条蛔虫,就又背起了喷雾器。别人问她为什么要寻短见,她说谁寻短见了?你不寻短见喝毒药干什么?我为了治肚里的蛔虫呢!这家伙,比蒙古大夫还野。

这家伙留给我的印象最深了。坦率地说,这十几年俺运气不错,见了几个质量蛮高的女人,但没有一个能与我记忆中的方碧玉相比。用流行的套话说:这家伙具有一种天生的、非同俗人的气质。这家伙有一根长得出众的脖子,有一段时间我们给她起了个诨名:白鹅。这几年我学了不少文化,知道天鹅和白鹅相比,天鹅更文绉绉、更优雅些,所以很后悔当初没有叫她天鹅。但"癞蛤蟆想吃天鹅肉"这句话我当时也知道呀!我真是个"傻帽儿"。光滑的脖子下边,这家伙那一对趾高气扬的乳房,也超过了一般姑娘。农村姑娘以高乳为丑、为羞,往往胸脯一见长时,便用布条儿紧紧束住,束得平平的,像块高地。一般农村姑娘的胸脯是高地,方碧玉那家伙的就如同喜马拉雅山啦。这家伙胳膊长腿也长，肤色黝黑。别的部位我无福见到，只能靠想象来补充了。

我经常回忆起二十年前在生产队的数千亩棉田里与方碧玉她们给棉花喷药灭虫时的情景，那是多么浪漫的岁月呵，哎哟我的姐方碧玉！你额头光光，好像青天没云彩；双眉弯弯，好像新月挂西天；腰儿纤纤，如同柳枝风中颤；奶子软软，好像饽饽刚出锅；肚脐圆圆，宛若一枚金制钱——这都是淫秽小调《十八摸》中的词儿，依次往下，渐入流氓境界。那年棉花疯长，雨水充足，花棵子足有一米半高。清晨，大雾弥漫，一块块的红太阳从雾中显出来，天地间仿佛拉起了一幅无边无缘的粉红色纱幕。我们瑟瑟缩缩地到达田间。技术员从井里打上水，用玻璃吸管往水里兑药液，再把搅拌均匀的药水灌到我们的喷雾器里。方碧玉抱着光胳膊说：这么浓的雾，棉花枝叶上全是水，喷上药液不就立刻流下来了吗？技术员是个双眼角永远夹着眼屎的中年人，在生产队里以胡搅蛮缠著称，队长见了他都惧怕三分。他斜着眼说："流下来有地承接着，你操什么心？"方碧玉便不再言语，撅着屁股，一起一伏地往喷雾器里打气。她胳膊有劲，上身起伏的速度特别快。我有时站在她对面，有时站在她背后，经常因为专注地看她打气而忘记往自己喷雾器里打气。看她打气是假,看她身上的故事是真。对于一个情窦初开的大男孩,女人周身都是迷人的故事。为此我挨了技术员很多次冷嘲热讽和咒骂。但我恶习难改,只要看到那两瓣饱满的屁股、那弯下腰就显出来的乳谷时,便如痴如醉,想入非非。虽然知道这样想有悖道德,但女人的力量对我来说实在比道德更有吸引力。当然这都是过去的事情了。

我们钻到棉花地里,横枝逸出的棉棵子已经把垄沟交叉住,只要一走动,露水便纷纷落下,几分钟后,全身上下便湿透了。即便是夏天的清晨气温也低得令人发冷,何况遍身被凉露浸湿。喷到棉棵上的药水很快又落到我们身上。所以与其说是喷药杀虫,不如说喷药杀我们自己更准确,幸好我们都有了抗毒性。有一次我头上生了虱子,方碧玉想了个高招,用喷雾器喷了我一头剧毒农药,虱子消灭得干干净净,我安然无恙。我们全身的每个毛孔都往体内吸收剧毒农药。我猜想我的血液里至今还掺着些剧毒农药,几十年来,我身上再也没生过寄生虫,蚊虫也从不咬我,大概就沾了血里有毒药的光吧。所以当社会号召公民献血时,我从来不敢报名,不知情的人还以为我觉悟不高呢。

打完一筒药,我们又汇集到田头井边,让技术员为我们灌药水。这时好光景便展览在我的眼前。这时候往往也是阳光驱散浓雾的时候。灿烂阳光普照大地,未被我们搅动过的棉花地白露珠点点如珍珠在叶片上镶着,像处女般圣洁和纯净。被我们搅动过的棉花地,叶子翻背,颜色深绿,形成鲜明的界限,就像处女与少妇有着鲜明的区别类似。这比喻既不妥又很流氓,这是跟我们一起喷药的一位青岛下乡知青说过的。

更好的风景自然不是在棉花地里,更好的风景在姑娘们身上,尤其是在方碧玉身上。前边我说过,她只穿一件粉红色的短袖衬衫,下身穿一条用染黑了的日本尿素化肥袋子缝成的裤子。上述服装被露水打湿后,紧紧地贴在皮肉上。她已跟赤身裸体差不多。通过看这种情景下的方碧玉,我才基本了解到,女人是什么样子。还有一景应该写。"日本尿素"几个黑体大字,是尼龙袋上原本有的,小日本科技发达,印染水平高,我们乡下土染坊的颜色压不住那些字,现在,那几个黑体大字,清晰地贴在方碧玉屁股上:左瓣是"日本",右瓣是"尿素"。于是方碧玉便有了第三个诨名:"日本尿素"。

后来她知道了这风景,便再也不穿那条裤子,但诨名却叫了很长一阵子。一般的玩笑难让方碧玉发火,可这家伙一旦发了脾气,真是雷霆闪电,暴风骤雨,骂起人来嘴像机关枪一样。

有一年棉铃虫猖獗,把几乎所有的棉桃儿都咬了。棉桃遭咬,很快就脱落,而落了桃的棉花等于白种。队长着急,动员全队,老婆孩子齐上阵,提着大瓶子捉虫。二百条虫一个工分。眼尖手快的一上午能抓两千多只。队长一看开出工分太多,就改了价码,由两百条虫一工分改成五百条虫一工分。那些肉虫子花花绿绿的,什么颜色都有。一下工大家就在路上数虫子。队长看不过来,由点数改为称斤两。二两虫子一分。怕虫子爬回地里去,也怕私心重的人捣鬼,队长让大家把虫子提到生产队仓库里,由保管员过秤。有人把过了秤的虫子提回家喂鸡,鸡吃了几只后,就抻着脖子呕吐,连鸡都消受不了的虫子,其恶可知。

跟我们一起抓虫子的有一位王大娘,面目慈祥。她早年信过基督教,抓一条虫子念一声阿弥陀佛,基督教徒口宣佛号,又是一个中西合璧的活证据。她说,这是些神虫,抓不尽的,到庙里做点法事吧。有青年人斥她为老迷信,她说,不怕你们年小的嘴硬,有你们求神找不到庙门的时候。

还是回过头来说说种棉花的情景吧。天道轮回,旱一阵涝一阵。六十年代涝雨成灾，房顶上挂浮柴。七十年代来了旱魃，地干得像窑。种棉花要用水，先打井，好累的活啊。犁开沟，挑着担子担水，往豁开的垄沟里浇。一桶水倾倒，嗞啦一声就没有了。旱得冒青烟了。挑一天水，肩膀肿得像馒头，遭老了罪了。赤着脚，冷、硌、扎，也得赤着，省鞋。方碧玉戴着一副帆布垫肩，墨绿色的，荷叶状，显得脖子更长，如同一支莲蓬，从荷叶间高挑出来。因为她习练过武功，气力非凡，所以，她的劳动富有表演意味。这家伙挑着两桶水大步流星，扁担颤颤悠悠，水桶悠然晃动，宛若小鹰展翅，也可能我太迷恋这方碧玉了，所以她的一切我都陶醉。小青年最初的恋人多半都是比自己大的女人，孩子半大不小，青杏半熟，有酸有甜，既需要母爱又需要性爱，大女人正好一身二任。

我还忘了说啦，给努芽的棉籽拌"3911"时节，多半刮东南风，潮湿、轻柔的东南风把极其难闻的毒药味儿吹到家家户户，吃饭也不香，睡觉也不宁，但心里却莫名其妙地兴奋，在漆黑的夜里，在毒药的熏陶下，我感到心里不宁，惴惴不安，幸福加上点恐怖。剧毒农药催开了我的情窦。我开始往脸上抹一点"葵花"牌香脂，偷我大姐的。大姐发现了就和我吵架，骂我，不害羞！小厮也学着浪。大姐骂我时我父亲就用深恶痛绝的目光剜我。吃罢晚饭我蹽出家门，像条小公狗一样在灰白的大街上奔跑，满口的革命样板戏，因为处在变声期，嗓子沙哑，不利索，高音总上不去，很不得意。跑一阵便在方碧玉家门前徘徊。她家门前是一块空场，有一些草垛，棉花柴、玉米秸什么的。一条公狗在草垛边磨磨蹭蹭，不知道搞什么鬼名堂。我当时穿得很单薄，站半夜竟不觉得冷，冷也不撤退，总幻想着奇迹出现：心有灵犀的方碧玉脸上擦着香喷喷甜丝丝的"葵花"牌香脂，上身穿着水红紧身衣、酱红针织衫、红毛衣、灰卡其布褂子，下身穿着红花布裤衩、酱红绒裤、蓝布裤子，脚上穿着花格尼龙袜子，塑料底紧口布鞋，袅袅婷婷地、转弯抹角地来到了我的身边。她从没如过我的愿。其实这家伙一定能够感觉到我对她的爱慕，只是不愿搭理我就是了。

还要给棉花剪疯枝，掐顶心，喷矮壮素，喷催熟剂。过了中秋节，头茬棉花就要开放了。

摘棉花也不是轻松活儿。采茶姑娘们绝对没有电影《刘三姐》里那么浪漫。腰疼着呢！

关于摘棉花，故事很多。不过也真有首《摘棉歌》，作者不知何人。曲调我无法表现，歌词是这样：

八月里来八月八
姐妹们呀上坡摘棉花
眼前一片白花花
左右开弓大把抓、抓、抓、抓
……

我是半拉子劳力,队长分派我跟女人们一起去摘棉花。当时感觉很窝囊,现在想来很浪漫。摘棉花论斤数记工分,所以大家死命地摘。

方碧玉自然也是摘棉花的快手。

因为有了方碧玉,什么腰痛、手痛,全都抛到九霄云外。

摘棉花的季节跟煮熟的红薯、腌红萝卜条、大葱、豆瓣酱有联系。为了抢摘,我们的午饭都在地里吃。

棉花运到生产队仓库里,由老太太们择去沾在花絮上的草,摊在秫秸箔上晾晒,然后装包,由男劳力们装上大车小车,送到棉花加工厂里卖掉,而这时,棉花加工厂里的好戏就开始了。

1973年,我和方碧玉一起,到离我们家二十里的棉花加工厂里去干季节性合同工。这是个美差。我能去棉厂是因为我叔叔在那厂里干会计。方碧玉能去棉厂,是因为她已成为我们大队支部书记国家良那个疤眼儿子国忠良的未婚妻。

第一章

那年我十七岁,方碧玉二十二岁。我们怀揣着大队里的证明信,背着铺盖卷儿,走出了从未离开过的村庄,踏上了通往县棉花加工厂的车马大道。支部书记的疤眼儿子国忠良像个跟屁虫一样跟在我们背后。他完全有理由跟在我们背后,因为他和方碧玉订了婚。在我们那儿,订婚契约似乎比盖着大红印章的结婚证书还要重要。我不清楚国忠良的准确年龄,估计将近三十岁吧。我恨这个家伙。我几乎把他看作了我的情敌。当然,这字眼既抬举了他也抬举了我自己。我用仇恨的目光斜视着这个身躯高大、俨然一座黑铁塔的我们村的太子。他马牙、驴嘴、狮鼻,两只呆愣愣的大眼,分得很开,脸上布满了青紫的疙瘩,眼皮上有一堆紫红的疤痕,据说是生眼疖子落下的。离村已有五里远了,他还没有丝毫回去的意思。方碧玉突然站住,半侧着身子,眼睛注视着路边那些生满了毒虫的疤癞柳树,像木头一样用木头般的声音说:

"你甭送了。"

国忠良血液上冲,脸皮变紫,眼皮上那堆肉杂碎变得像成熟的桑葚。他那两只小蒲扇一样的大手下意识地搓着崭新的灰布制服,口唇扭动,发出吭吭哧哧的声音。

"你回去吧。"方碧玉说。

"俺……俺娘……俺爹……让俺往远里送送你……"

"回去跟你爹娘说,让他们放心。"方碧玉大步向前走去。

我有些同情地看了一眼还在搓衣裳的国忠良,尾随着方碧玉往前走。我甚至无耻地说:

"忠良大哥,碧玉姐让你回去,你就回去吧。"

昨天夜晚的情景如同翩翩的蝴蝶飞到我的眼前。我家那只芦花公鸡学母鸡叫,好运气降临,我的福气逼得家禽都性错乱。爹对我说:

"支书终于开了恩,放你去棉花加工厂了。吃过晚饭你到支书家去趟,说话小心点,别惹他老人家生气。站着,让座你也别坐,听仔细了没有?"

我牢记着爹的话,衣袋里装着母亲给我的十个鸡蛋,忐忑不安地往支书家走。十个鸡蛋,让我心疼。支书家的黑狗猛扑上来,吓得我丧魂落魄,紧贴在墙边。

是国忠良喝退了黑狗,并把我引进了他的家。玻璃罩子灯明亮。支书盘着腿坐在炕上,像一尊神秘的大佛。我喉咙发紧,说话不利索。支书睁开眼,轻蔑地打量着我,使我小肚子下坠,想蹲茅坑。"俺爹……说你……叫俺……"我说着,看到他摆摆手说你坐下吧,果然是嗓音洪亮,犹如铜钟。老人们说有大造化的人都是声若铜钟。我忘了爹的嘱托,忸忸怩怩地坐在一把木椅子上。支书说,小子,看在你叔的面子上,我放你一马。我感激不尽,胡乱点头。你们家出身老中农,土地改革时你家门上贴过封条,你知道吗?你堂叔一九四七年逃窜到台湾你知道吗?我吓得直冒冷汗,支书继续说,我能放你出去就能揪你回来,你不要忘了姓什么!我连连点头。支书说,方碧玉跟你一起去。她是什么人你知道吗?我连连点头。知道就好,你给我看着她,有什么情况立即回来跟我说,她出了事我找你。我夹着尾巴逃回家,裤裆里湿漉漉的。衣袋里黏糊糊,十个鸡蛋碎了八个。母亲痛骂我,并抡起烧火棍敲打我的头。爹宽宏大量地说,算了,别打了,明天他就要去棉花加工厂了。

我竟成了国支书派到方碧玉身边的坐探,真卑鄙。他哪里知道我早就迷恋上了方碧玉,他妈的。

一只碧绿的蚂蚱落到国忠良裤腿上,裤子也是新的。这个高大魁梧的男人满脸哭相,跟着我们往前走。我距离方碧玉五米近,他距离我五米远。我离方碧玉近,他离方碧玉远。我暗暗得意。我插在了这一对未婚夫妇之间。道路两边全是一望无际的棉田,经霜的棉叶一片深红,已经有零星的棉桃绽开了五瓣的壳儿,吐出了略显僵硬的白絮。新棉就要上市了。我再不用弯着腰杆子摘棉花了。方碧玉也一样。她穿着一身学生蓝的军便服,显得英俊而潇洒,像个知识青年,只可惜衣兜盖上没别上一支钢笔。

就那样保持着距离又走了一会儿。方碧玉又一次站住,等到我和国忠良磨蹭到身边,她说:

"回去问问你爹娘,要是不放心就弄我回去。"

国忠良脸上的变化同前次一样,手的动作也一样。终于他说:

"那你……走吧……俺爹说,你在他手心里攥着呢,他能弄你出来,也能弄你回去。"

我看到方碧玉一脸激动的表情。她什么也没说,转身就走。果然是自小习练武功的人,腿脚矫健,腰肢灵活,仿佛全身都装着轴承和弹簧。

我紧着腿脚追赶方碧玉,累得气喘吁吁,浑身臭汗。走了好远,我一回头,发现国忠良还站在那儿,手掌罩在眉上,望着我们。阳光照耀着他,使他通体发亮,仿佛一个刚从窑里提出来的大釉缸。

为什么一表人才的方碧玉会跟疤癞眼子国忠良订婚?对此村里传闻很多,有说方碧玉的爹要攀高枝;有说方碧玉要借机跳出农村;有说方碧玉早就被支书睡了,老支书为子辛劳,等等。这些流言蜚语不可不信也不可全信。方碧玉要嫁给国忠良,对我是一个沉重的打击又似乎无所谓。我沉浸在离开农村进工厂的巨大幸福中,尽管是临时工、季节工。

第二章

棉花加工厂有一个很大的门口,有两扇底下装着铁轮子的花格子铁门。门旁的空地竖着红漆大标牌,写着"严禁烟火"之类与政治无关的口号和"严防阶级敌人破坏"之类与政治有关的口号。门口里侧有两间警卫室。有一个穿着一件破旧军衣的瘦男人,搂着一杆锈迹斑斑的"七九"步枪,坐在门边一把椅子上,时而打瞌睡,时而目光如电,追逐着面前马路上来往的行人。我和方碧玉走到门口时,看门人握紧枪杆盘问我们。我发现他的目光搜索着方碧玉周身上下。我感到他的目光如一双贪婪的手,把方碧玉身上的衣服剥得干干净净。他根本没把我放在眼里。他的脖子随着方碧玉移动。他撇腔拿调地讲着令人周身起鸡皮疙瘩的普通话。后来我们知道这条把门虎是一位复员兵、正式工,吃国库粮,是棉花加工厂党支部委员,厂保卫组组长,姓孙名禾斗,已婚,老婆在农村。孙组长奇瘦,眼贼大。

进大门后的第一排房屋是厂办公室,门口挂着红字标牌。我和方碧玉都认几个字,冲着办公室便进。方碧玉适才与那看门人对答时就一扫在路上那种沉闷忧悒的情绪,精神抖擞、容光焕发,仿佛换了一个人。

办公室里有六张桌子,每张桌子前都坐着一个或两个人。后来我们知道,那两位对弈的胖子一为厂长一为书记。他俩一边下棋一边斗嘴,互相挖苦,妙语如糖球山楂葫芦串。还有一部笨重的老式手摇电话机蹲在棋盘旁边,很威风。

"同志,谁管登记?"自然是方碧玉问话。

我看到了我叔,坐在一张桌子前,埋头打算盘记账,心中竟升起一种自豪感。我感到自己的条件比方碧玉优越。

叔叔抬起头,看到了我们。他没搭理我,却冲着方碧玉很热情地打招呼。叔叔把我和方碧玉介绍给书记和厂长，他们胡乱应付了几句，低头继续斗棋。屋子里其他人的目光却被方碧玉吸引住了。她的脸稍微红了一下。一个四十多岁的男人说：

"到这边来登记。"

我们把村里的证明信交给男人，后来知道他姓蔡。据说他本该转成正式工人，所有的表格都填了，但最终被人告了，说他老婆有神经病。满嘴脏话的采购员周鸣说，老蔡真冤枉，转你的正，又不是转你老婆的正，老婆有神经病碍你转正屁事？老蔡你当时怎么不去县里找一找，没准就找回来一只铁饭碗，一辈子甭发愁，你真是个老实人。老蔡呀！

老蔡推给我们一个簿子，递过一支圆珠笔，让我们按着栏目填写。什么籍贯姓名性别年龄是否党团员家庭成分社会关系等等。一本正经，跟工人阶级沾点边就是不一样，激动得我和方碧玉手指捏不住笔杆手心里冒汗。

"你二大爷的，你那个马什么时候跳到这儿来的？"高个胖子说。

"二大爷我的马早埋伏在这里等着你啦！走呀！走！看你还有什么高招。"矮个胖子说着，将自己的一颗棋子砸在对方的一颗棋子上。

"同志,俺该填虚岁还是填实岁?"方碧玉问。

"你实岁多少虚岁又多少?"老蔡问。

"实岁二十二,虚岁二十三,属大龙的。"

"按实岁填吧。"老蔡说。

填完了表格,交给老蔡。老蔡指着一位独臂小伙子说:

"你们吃饭的事去问他。"

那小伙子面色苍白,人很清秀,不知怎么少了一只胳膊,别人说笑,他不吭气,神色忧悒地盯着墙壁。很快我们就知道了他姓秦名山,有喜欢念别字的人把他的名字念成"泰山"后,大家便叫他"泰山"了。他那条胳膊是锯齿剥绒机切掉的,算是工伤,厂里照顾他,让他担任了生活会计,挺轻松挺有油水的一桩美差。他垂着一只空荡荡的衣袖,乍一看挺别扭,看惯了也不觉得他身上缺什么东西。他冷冷地告诉我们只要我们把粮食投到食堂里,就能换到饭票,如要吃菜可以拿钱买菜金,一元兑一元,一角兑一角。

十几分钟工夫,该办的事就办完了。有一位一直在观看棋战的秃头男人说:

"毛,送他们去宿舍吧。"

秃头是副厂长。毛是正式工人,办公室打杂的,留着一个菊花头,穿一双又黑又亮大皮鞋,经常夸张地捋着袖子看手表,那时候戴手表的人还非常少。我不喜欢这小子。他名叫毛红灯,挺革命的一个名字。

我们正要走时,门外一阵自行车铃响。一个高个子男人打着哈哈进来,后边跟着一个扁脸的姑娘,矮胖,一脸雀斑。我突然认出了这个男人,在水利工地上认识的。这男人是公社团委书记,跟我们村里的刘三姐有点黏糊,刘三姐的二女儿,跟他是大脸剥小脸。下棋的二位胖子丢开棋,站起来与团委书记握手,打哈哈。团委书记说:"这是我妹妹。"又对他妹妹说:"这是金书记,这是于厂长。"还介绍了几个人。我感到很愤怒。书记说:"毛红灯,找几把椅子来!"毛红灯立即去找椅子,把我们晾在门口。厂长挤着一脸肥肉,笑得眯缝着眼儿跟扁脸姑娘说话。"叫什么呀?"她羞涩地玩弄着辫子梢儿,酸溜溜娇滴滴麻酥酥地回答:"孙红花。""啊,好名好名,好听,有意义,骑马要骑千里马,戴花要戴大红花嘛!在家干什么来着?"厂长问。孙红花轻飘飘文绉绉地回道:"在家治虫。""治什么虫呀?""哟,多着呢,主要是棉铃虫。"呸!不就是背着喷雾器喷药么,还"治虫"哩。我看了一眼方碧玉。她脸上看不出什么表情。这时毛红灯拎着两把椅子进来,一看我们还在门口站着,便说:"你们自己去吧,喏,就那排房子。"

那是一排高大的青砖瓦房,有十几间,分两个门,门上很可能是那位毛红灯用狗爬似的红漆大字写着"男宿舍""女宿舍"字样。我先陪着方碧玉进了女宿舍。

这是全中国独一无二的女宿舍。房间宽六米,靠着墙用木桩子、高粱秸、苇席捆扎搭架起两排大通铺,上下三层。最后一层在房梁之上,离地足有三米高,有固定的简易木梯子可以爬上爬下。两排通铺之间的地面崎岖不平。我看到铺下生长着几堆小蘑菇,还有一条破裤头,这一定是去年的女临时工留下的东西了。

屋子里已经有了几十个姑娘,或忙碌或静坐。她们妍媸不一,但穿着几乎清一色的蓝布衣服,个别的穿着花衬衫。我第一次嗅到了由女人的群体发出的气味。这气味并不美妙,但富有诱惑力。我分辨不出是谁发出了什么气味,就像猫分辨不出一盆鱼里究竟是哪条鱼发出了哪种腥味一样。对了,女宿舍里有一股子臭咸鱼的气味。

一位黑瘦脸庞的姑娘站起来跟方碧玉打招呼。我恍惚在邻村见过她,大概也是个书记的女儿或儿媳之类的人物。

"方碧玉,你也来了?"她很高兴地问。

"宋金鱼呀,"方碧玉上前拉着她的手说,"你也来了?"

"来当几天工人过过瘾呀,"她说,"俺爹说每个月能挣三十多元钱,交生产队一半,还剩十几块钱呢。挣到钱,什么不买也得先买五尺花布,缝件小褂穿穿。"

她很小,顶多十八岁,脸上的五官团聚在一起,似乎还没有长开呢。

我很入迷地盯着她的娃娃脸,她瞪我一眼,说:

"你看我干什么?你是不是也要扯花布缝褂子?"

这句并不好笑的话竟让十几个姑娘咯咯地笑起来。

宋金鱼问:"方碧玉,你住上铺还是住下铺?"

方碧玉问:"你呢?"

"我正犯犹豫呢,睡上铺吧,太高,爬上爬下的,成猴啦。我睡觉不老实,万一从上边骨碌下来,还不把腰跌断?睡下铺呢,不吉利,万一上铺有个尿床的,不正好流到我脸上了吗?"

"那你就睡中铺吧!"

"好,听你的,我睡中铺,你呢?"

方碧玉想了想,说:

"我睡上铺。"

这时候毛红灯拎着孙红花的花铺盖卷儿，引导着团委书记和他的妹妹，朝着女宿舍这边来了。

"马成功，你自己去占铺吧，我能安顿自己。"方碧玉对我说着，一只手提着铺盖卷，一只手把住梯子的横梁，矫健地攀到上铺上去。铺上立即嘎嘎吱吱地响起来。

我进了隔壁的男宿舍，发现里边的格局跟女宿舍一模一样，所不同的只是更脏一些。

几十个男人，多数是青年，围着一个略有口吃、文质彬彬的小伙子。后来我知道他名叫李志高，会写文章，会唱吕剧，尤其会唱《李二嫂改嫁》中"李二嫂眼含泪关上房门，对孤灯想往事暗暗伤心"那一段。当时他正在那儿吹牛，吹周恩来总理如何把支援朝鲜棉花的任务交给高密县，高密县如何完成任务，受到了表扬，吹得神乎其神，听众听得有滋有味。

我想我必须与方碧玉睡在相同的高度上，所以我爬到上铺。这里举手就可触摸瓦房的檩条、秫秸笆。麻雀隔着一层瓦在我头上唧唧叫，我能听到它们细小的脚趾行走在瓦片上时发出的声音。当时我没有在麻雀身上浪费太多的时间，这个崭新的热闹世界里值得我谛听观察的东西太多太多，更何况，我知道方碧玉与我仅有一墙之隔，十厘米厚的墙，上边涂抹着淫秽的图形和语言，无疑是去年的或前几年的临时工们留下的杰作。隔壁的上铺也在嘎嘎吱吱地鸣叫着，我知道，那是方碧玉在展开她的被褥。虽然隔着一堵冰冷的墙，但我感到她的呼吸正在抚摸着我的面颊。

第三章

三百多名男女季节工陆续入厂。男、女宿舍内，上、中、下三层铺，镶满了人。因为要洗脸、刷牙、洗衣服，井台上挤满了人。于是便有了打了水回宿舍涮洗的，宿舍里的地面很快便泥泞一片。入夜，呼噜声、梦呓声、放屁声、喘息声、通铺嘎吱声汇合成复杂的乐章，充满气体和力量。所有的人都压在一起，我担心房屋被胀破，担心大通铺支架被压断，我感到惶恐，幸好，方碧玉就在我的身边，隔着墙壁，我也能感受到她的温度。

我们入厂后的工作，是在一位名叫"铁锤子"的正式工人领导下清除院内杂草，铺设垛底，等待新棉上市。"铁锤子"罗圈腿，驼背，眼睛不停地眨动，走起路来像只母鸭，说起话来像只公鸭。不是我有意要丑化

他,因为他的水平太凹。李志高气哄哄地说:

"把这样的人渣转成正式工人,领导真是瞎了眼!工人阶级领导一切,呸!就他那样?!领导个鸡巴!"

"铁锤子"大号郭海,"铁锤"是郭海的乳名,"铁锤"后边加一个"子",就有大不敬的意思了。郭海是厂里的业务组长,领着垛棉花的一拨人,身边有几个亲信,有一个名叫"一撮毛",有一个名叫"座山雕",前呼后拥,很是神气。

棉花加工厂占地五百亩,远离村庄,周遭用坟砖圈起一道墙。那年头煤炭紧张,砖窑无法开火,连公家搞建筑都要用坟砖。破除迷信,生活艰难,老百姓积极扒祖坟卖砖换钱。老祖宗遭了殃。有几个堂兄弟为争一座坟,打得头破血流。我们割草,平地面,用石头、棉籽皮、苇席铺成一个个长方形大垛底。棉花收购淡季里,厂内空地里种了些花生、玉米之类,长得不好。收花生时男工女工都吃,吃得满嘴白沫、拉稀跑肚的可不少。

在等待新棉上市的过程中,我知道了如下事情:

(1) 棉花加工厂准确的名称是棉油加工厂,属县商业局管辖。它负责收购农民的棉花,把棉花跟棉籽分离,棉花打成件外运,棉籽经过锯齿剥绒机三遍脱绒,然后在榨油车间榨取棉籽油,定量卖给棉农食用。这种黏稠的黑油起初不做任何技术处理即食,后来导致了许多莫名其妙的病症。党和政府为了保证农民身体健康,便在棉油里放了火碱在大锅里烧煮、沉淀,熬成清清的卫生油让农民吃,怪病也随即消失了。棉短绒据说是制造炸药的基本原料,珍贵得了不得,严禁向帝修反出口,免得他们用中国人生产的棉短绒制造屠杀中国人的弹药。棉籽壳可以喂牛。棉籽饼也可喂牛。尽管牛吃了棉籽饼粪便带血,但人还是喂,牛也还是吃。所以说棉花一身都是宝,"人民公社一定要把棉花种好",这是最高指示,"铁锤子"在为我们训话时严肃地说。他训话时眼睛眨动的频率更高,有一位大家都叫她"电流"的姑娘咯咯地浪笑。"铁锤子"说:"不准笑,严肃点。""电流"只管笑。有人说"电流"是公社党委副书记的女儿,正儿八经的高干子弟,何人敢惹?"铁锤子"算什么?

(2) 棉花加工厂有一个皮辊车间(主车间),一个打包车间(把皮辊车间加工出来的皮棉打成件),一个维修车间,一个榨油车间,一个红炉组,一个财会组,一个业务组(负责把收购来的棉花码上大垛用苇席和篷布封好),一个炊事班,一个警卫班,一个动力组(柴油机工和电工)。大概就是这些了。

棉花加工厂没有自来水，只有一眼大口井，井里吊着几只潜水泵，井边挂着十几只漆成红颜色的消防桶和十几只大红颜色的泡沫灭火器。我们入厂一星期后在井边发生了一场大热闹。起因是前边说过的那位差一点捧上铁饭碗的老蔡的老婆来找他。那天正逢集，老蔡的老婆从集上回来，胳膊上挎着个二升笆斗，笆斗里盛着几根老黄瓜。女人有四十多岁，梳着飞机头，眼睛水汪汪的，一副风流相。孙禾斗拦住她问："找谁？"她说："找俺儿！"其实禾斗知道她是老蔡的老婆，却故意大声嚷叫："老蔡，你娘来看你了！"那女人也不分辩，只手掩着口笑。老蔡慌慌张张跑出来，不满意地说："你来干什么？"女人道："来看看你。"老蔡道："我好好的，看什么！""看看你有没有勾搭大闺女。"禾斗道："老蔡天天搂着大嫚困觉。"女人说："死鬼！今日饶不了你！"说着就扑上来，一弯腰，熟练而准确地攥住了老蔡的睾丸，嘴里说："我让你这个小和尚馋嘴！"老蔡干号一声，腰弓头垂四肢勾勾，脸色如同黄土。禾斗忙上前把女人拉开。女人躺在地上打滚撒泼，惊动了厂长。厂长用火柴棍剔着牙走出办公室，训斥道："闹什么闹什么？这是工厂，怎能胡闹？"老蔡一看惊动了厂长，十分恼怒，热血冲懵了头，不计后果，一把抄过孙禾斗肩上的破大枪，哗啦一声推上大栓，对着女人吼："我这辈子就毁在你手里，今日我毙了你吧！"说罢就搂了扳机，震天动地一声响，这支打过日本鬼子的老枪拼着老命放了一响，也不知子弹钻到哪里去了。女人哇啦一声叫，也不打滚了，也不疯了，爬起来，捂着头，跑着，喊着："救命啊！救命！反革命杀人喽！"老蔡端着大枪追。厂长一九四七年时当过民兵，有点胆量，喊道："快，捉住他，先下了狗日的枪！"禾斗到底当过几天兵，有军事经验，高一脚低一脚地去追老蔡。我们正在空地上拔野草，听到大门口响了枪又看到一群人追过来。"铁锤子"兴奋得嗷嗷叫。老蔡的老婆一看老蔡虎虎地追来，吓得屁滚尿流，一头扎到井里去了。老蔡追上井台，号啕大哭着："孩他娘哟，我活着也没有什么奔头啦，跟你一路去吧！"把枪往井台上一扔，头朝上脚朝下，立正着跳到井里去了。众人乱纷纷围在井口，一看老蔡和他老婆在井里折腾得紧，不救必定淹死，忙扛来一架竹梯子，沿着井壁顺下去。大家都抢着下去救人，禾斗愤怒地说："闪开闪开，我是军人出身，让我下去。"众人只好让他下，又找了些粗绳子，把老蔡夫妇拉上来，他们都没喝多少水，把肚子里的水往外挤了挤，就好了。一男一女两个落水鸡似的，对着眼睛看了一阵，竟搂着脖子哭起来，厂长气得大骂："混蛋老蔡，不是看咱在一村的面上，非开除你不可！"老蔡和厂长是一个村的人。正好食堂里的伙夫江大田来挑水，"铁锤子"说："得了，喝老蔡他娘的黑蛤蜊鲜汤吧！"厂长说："老蔡，罚你和你老婆把井水淘干净！"老蔡的老婆泪眼婆婆地说："表叔，让俺两口子说会儿话再淘吧。""呸！"厂长啐了一口唾沫，走了。走两步他又回头骂孙禾斗："孙禾斗，你的军人的不是，废物的一堆！"禾斗不满地问："你凭什么说我军人的不是？"厂长说："军人，武器是第二生命，可你他妈的竟让老蔡一把就将大枪抢了过去，你算什么军人？"孙禾斗不服气地说："谁知道这个屌人要夺枪呢？今儿个老蔡你要把老婆毙了，老子也要跟着倒霉，你奶奶的，蔫人一个，三脚踢不出一个响屁来的货色，使起武器来，竟然十分的麻利！"

孙禾斗带着几个小伙子给我们表演怎样使用泡沫灭火器，并当真喷了一阵泡沫，嗞嗞的，喷出去十几米远，落在地上，像一摊摊烂棉花。孙禾斗在训话、表演的过程中念念不忘盯着方碧玉，不过别人发现不了罢了。

对了，还有一个棉花检验组，负责给棉花定等级，挺要紧的一个部门。检验组长是一位名叫赵虎的小伙子,正式工人,皮肤很白,留着大背头。

还应该提一下炊事班长江大田,这是位青岛知青,细高挑身材,洁白牙齿,浓眉大眼,号称棉花加工厂第一美男子。他去井台挑水时,总是能碰到一些在井台上洗涮的姑娘。姑娘们直着眼看他。他很得意,用悦耳的青岛腔跟她们调笑。"铁锤子"醋兮兮地提醒她们:"你们要小心,要透过现象看本质,漂亮的男人没有一个是好东西。"姑娘们没人睬他。所有的人都知道,"铁锤子"这家伙三十多岁了,狗屁猫屁还没见着,馋女人,馋得发了疯。

新棉上市,皮辊车间开工。我沾了叔叔的光,干了件轻松活:司磅。方碧玉被分派到皮辊车间看轧花机。在她的面前,棉籽和棉绒因为被两只飞速旋转的皮辊挤压和牵拉而分离。

第四章

中秋节后第一天,第一车新棉出现在加工厂门口,是一辆马车,拉着十包棉花。棉花包有两米长,两搂粗,赶车的是个老头,跟车的是几个中年妇女。门口的警卫冯结巴在保卫组长孙禾斗的指挥下,收了车把式的火柴、烟袋,交他一个牌,出厂时换回吸烟家什。洁白的花包在阳光下耀眼,检验组的扦样员赵一萍提着袋上去开包扦样。门卫冯结巴家庭贫寒,贫寒到家无过夜粮的程度。他舅是公社党委组织委员,所以他干了轻松差事。赵一萍很清秀,嘴角有一粒痣,痣上有三根毛,外号"一撮毛"。业务组有个男的也叫"一撮毛",是"铁锤子"的亲信。女"一撮毛"她爹是县水利局的头头,所以她也受优待。

新棉入厂时,我很激动,因为我们很快要各就各位,不用跟着"铁锤子"干杂活了。方碧玉跟我说她很讨厌"铁锤子",说他两只眼贼溜溜的,明显是个色鬼。

一群人拥到大门口看新棉。送棉的人竟然是我们村的。赶车的老头是我们队的王九,跟车女人里有国忠良的叔伯嫂子崔月桂。

"是我们村的!"我兴奋地对大家说。

王九阴沉沉地说:

"马成功,当了工人啦,抖起来了!挣了多少钱?请你九爷去喝盅烧酒?"

"还没开工资呢。"我说。

"瞧瞧,也开工资吃工资了!"王九邪恶地笑着说。

我知道村里人对我来棉花加工厂干活眼红,嫉妒,也就不说什么。王九是老贫农,惹不起。

方碧玉跟车上的女人打了个招呼,国忠良的叔伯嫂子笑着说:

"碧玉,吃了两天工人饭,脸白了不少哩!"

方碧玉说:"白个屁!剥我一层皮也是黑的。"

那嫂子从屁股下揪出一个满嘟嘟的花布书包,说:

"碧玉,给,这是你婆婆托我带给你的。"

方碧玉一愣,脸发了红,上前接了包,很窘的样子。

我看了一下周围,所有的目光都集中在方碧玉身上。有门口保卫组长孙禾斗的目光,有业务组长"铁锤子"的目光,有杰出青年李志高的目光——经过一段接触,我开始和他熟起来。他能吹能拉,我挺服他。

办公室有人出来干涉:

"都围在门口干什么?没见过棉花是不是?有你们看够了的时候!"

业务组长"铁锤子"扯着公鸭嗓吼起来:

"走走走,快去干活!想吃鸡蛋就去找个男人!"

众人散开。方碧玉拎着那只花书包，一副茫然无措的样子。"铁锤子"涎着脸凑上去说：

"小方，给我个鸡蛋吃？"

方碧玉想都没想，把书包递到他面前，冷冷地说：

"给，全拿去！"

"铁锤子"愣着，方碧玉已经把那一包鸡蛋投到他的怀里。他狠狈地说：

"这，这不好意思……"

旁观者哈哈大笑，冷言相加：

"'铁锤子'真有造化。艳福不浅，白捡个大便宜，吃吧，好吃难消化，当心噎死。"

"小方，我不要，我随便说说……""铁锤子"说。

方碧玉已经走到垛底那儿，抄起扫帚，清扫垛沟里的浮土和杂草。

孙禾斗凑上来，悄悄地说：

"'铁锤子'你小心点，人家可是有婆家的人。"

"铁锤子"反唇相讥：

"看门狗，眼红了吧？"

"铁锤子"突然问我：

"马成功，方碧玉她男人是干什么的？"

"解放军团参谋长！"我恶狠狠地说。

"哎哟我的亲娘!""铁锤子"叫一声苦,说,"军用品,一类物资,动不得。"

他把那一书包鸡蛋递给我,说:

"马成功,你和她是一个村的,求你把这包还给她吧。"

"我不管。"

"求你啦,小兄弟。"

"给你吃你就吃吧!"

"我不是不想吃,我是领导,又是正式工人,领导阶级,哪能随便吃你们临时工的东西?吃了影响不好。求你啦。"

考虑到司磅员归他这个业务组长管,我不敢得罪他,便接过书包。

孙禾斗在大门口乐得哼小曲儿。

第五章

吃过晚饭后,红日西沉,气温宜人。男工女工们都结伴出去,号称"散步"。第一次跟着人们去"散步"时,看到道路两侧田地里的农民在埋头劳动,我心中忐忑不安,感觉到自己是在犯罪。散步散到中秋节后,已经心安理得,并且产生了一丝丝优越感。终于我也高人一等了,哪怕是临时的。

李志高邀我去散步,使我受宠若惊。我们爬上河堤,看到洁白的棉田和正在弯腰摘花的妇女儿童,笼罩在火红晚霞下的棉花加工厂和烟雾腾腾的村庄。

走了一会儿,李志高掏出一包香烟,撕开口,弹出一支,请我抽。他的礼遇让我加倍地受宠若惊。

他自己也点了一支,熟练地喷了几个烟圈。他这些小动作令我佩服,想模仿又有点不好意思。他背靠在一株柳树上,深沉地注视着河道中清澈的流水,说:

"小马,你想知道我的经历和我胸中的抱负吗?"

"想,您说吧。"

他晃了一下脑袋,用十分流行的潇洒动作把滑到额头上那绺黑发甩到头顶上,说:

"我自幼聪明,五岁即能背诵唐诗三百首。上小学时,我的作文曾荣获过全县小学生作文竞赛第一名。我会拉京胡、板胡、二胡,会吹笛子、弹风琴。我识简谱,会唱歌。我曾在县毛泽东思想宣传队工作过。啊!那是多么浪漫的岁月啊!充满激情和幻想……"

晚霞照在他的脸上,使他的双眼像两粒火星,闪烁着熠熠神采。我感觉到我深深地被他煽动了,激情似火,想展翅飞向天空。

他的语调一转,表情也变得深沉而严肃:

"可是,我空有满腹才华,却没有地方可以施展!我是怀才不遇。'自古英雄皆寂寞,惟有饮者留其名',等开了工资,你我兄弟一定要去饭店开怀畅饮一次,借杯中之物,浇胸中块垒。这真叫'抽刀断水水更流,借酒浇愁愁更愁'。"

他停顿了一下,又一次点火抽烟。月光已经上来,照耀得满河流金泻玉,看着被火光映红的那张脸瞬息又淹没在朦胧中,我感觉到周身寒冷,牙齿打战,我知道这不是气候的缘故。说实话,他这番话我不能很好地明白,但却让我心跳失常,这就足够了。他突然高声说:

"老弟,等着瞧吧,我李志高是人中龙凤不是凡夫俗子,天生我材必有用!这小小的棉花加工厂,如何容得下我?我是'勉从虎穴暂栖身',总有一天会'说破英雄惊煞人'!什么'铁锤子'、孙禾斗,一伙社会渣滓,不过凭着运气好,或者是有后门,转了个正式工,就神气得了不得,颐指气使,俨然人上之人,狗屁!老子压根儿就瞧不起他们。还有那什么'电流'、孙红花、赵一萍之类,凭着父兄的官职也来狐假虎威。老子不理睬她们。这样的女人,白送给我都不要!"

"李大哥,你真伟大!"我由衷地说。

"伟大谈不上,但绝不渺小。"他自信地说。

"你是非常伟大,李大哥。你要是有朝一日混出了头,别忘了我。"

"'苟富贵,勿相忘'!"他坚定地说,"但有一条,从今之后,你要听大哥我的调遣。"

"放心吧大哥。从今之后,你要我向东我不向西,你要我打狗我决不去吓鸡!"

"好,老弟!"他拍了一下我的肩膀,说,"'君子一言,驷马难追'!"

"'驷马难追'!"我说。

"我问你,"他压低了嗓门说,"方碧玉真的有了婆家?"

"李大哥,你问她干什么?"我有些惊恐地问。

"随便问问。"

"真的有了。来棉花加工厂之前订的婚。"

"刚订婚?"

"是。"

"男方真的是解放军团参谋长?"

"狗屁!那是我瞎编了吓唬'铁锤子'的,"我很难受地说,"她男人是我们村支部书记的儿子,疤瘌眼子。"

"好!"

"好什么呀,李大哥,"我说,"方碧玉嫁给他可真叫'一朵鲜花插到牛粪上'喽。"

"你把方碧玉的一切都告诉我。"

"你要听这些干什么?"

"你甭管,快告诉我。"

我开始为他讲述方碧玉的故事,不知出于何种心理,在讲述过程中,我把方碧玉会武术这一点做了大大的夸张,难道我希望方碧玉打谁一顿吗?

我们边说边往回去,晚风清凉,月光如水,河里水声潺潺,河边秋虫唧唧,真如同走在诗里走在画里走在梦里。被繁重的劳动和艰难的生活消磨干净了的种种幻想,在这个月光之夜复苏了。我感到自己与李志高一样,也是个怀才不遇的天才,总有一天,我也要像李志高一样,乘长风破万里浪,干出惊天动地的大事情来。

但"电流"、赵一萍、孙红花这几位结伙散步的官宦人家的富贵小姐粉碎了我甜蜜的梦幻,她们在河堤上排成横队,像一伙拦路抢劫的女强盗。

"李志高,你跟谁一块散步了?"

"吃过晚饭我们就去找你!"

"你为什么不陪我们散步?"

"这个小鼻涕孩是谁?"

"马成功,跟方碧玉一块来的。"

"方碧玉,哈哈,送给'铁锤子'一书包煮鸡蛋!"

"要是让她男人知道了……哈哈哈。"

"李志高,你不能回去,你陪我们散步去。"

"好好好,诸位俏妹妹,"他媚声媚气地说,"我陪你们。马成功,你自己回去吧。"

他在她们的簇拥下回去了,我独自一人往前走,走了两步,回头站定,看着他与她们逐渐模糊的身影,听着他与她们的说笑声,我突然感觉到受了很大的侮辱。

"臭娘们,等着瞧吧!"我对准柳树踢了一脚,塑料凉鞋的襻儿断了。"哎哟我割了一个月野薄荷才换来的凉鞋呀!"我提着破鞋,似乎感觉到了,浪漫是既费钱又费力气的活儿。

回到棉花加工厂,我爬上空中楼阁,听到隔壁那边有响声。我用巴掌拍了拍墙,轻声说:

"碧玉姐,你的书包和鸡蛋还在我这儿呢。"

我听到方碧玉叹了一口气,然后说:

"你吃了吧。"

第六章

中秋节后,连刮了几天金风,天高气爽,大批的棉花如潮水般涌进加工厂,收购旺季终于到来。与此同时,皮辊车间六十台皮辊轧花机一齐开动,棉花加工厂在135马力柴油机的巨大轰鸣中颤抖起来。女工们两班倒换,每班十小时,不大容易看到方碧玉了。业务组长"铁锤子"手下只剩下三十几个人,且多是被车间里挑剩下来的"人渣"。

我整天坐在那只磅秤前,拿着一支圆珠笔、一把算盘,过磅,填斤数,退包皮,算出皮棉数字;经常想入非非,经常出错,经常挨结算组长和过磅组长的训斥。我知道,如果不是看在我叔叔的面子上,他们早就把我撵去抬大篓子了。

一个个高达数十米的棉花大垛拔地而起,满眼的洁白,满世界的洁白。我从来没有想到过,人竟能把如此多的棉花堆积到一起,高密一个县的棉花就能满足朝鲜一国的棉花需求,看来绝非妄语。李大哥的话句句都是真呀。

那些天通往棉花加工厂的道路上挤满了除机动车外

的各种车辆,交通堵塞。从凌晨到黄昏,车声、牲畜鸣叫声、人的呼叫声,此起彼伏。道路上布满被践踏得没了模样的马粪驴粪骡子粪。我一坐一整天,全身发硬,脑袋发昏。有一天因为压住了一个农民的单据挨了一耳光,其实那单据是传单员压住的,责任并不在我。"铁锤子"不为我撑腰却站在那人的立场上,原来那人是他的堂叔。他的堂叔人高马大,胳膊比我的腿还粗,我不敢还手。我跑回宿舍爬到我的三层铺上哭泣,惊动了上夜班正睡觉的方碧玉,隔着墙壁她问我:

"哭什么?"

"'铁锤子'……他堂叔打我……"

"为什么打你?"

"说……我压住了他的单子……"

"是你压住了?"

"不是我……"

"那他就打你?"

"嗯……"

"你没还手?"

"我打不过……他有两米高……"

"'铁锤子'没护你?"

"他向着他叔,说我该打……"

我听到她坐了起来,说:

"走,看看是个什么东西!"

"碧玉姐,别去了,他太壮了。"

"少啰唆,下去,在门口等我!"

第七章

那场精彩的打斗相信所有的目击者都不会忘记,这是继老蔡夫妇跳井之后的第二件热闹事。

我听到方碧玉从三层铺上一跃而下,一定是漂亮加潇洒,宛若一只飞鸟。我战战兢兢地从三层铺上爬下来,急急忙忙跑出去,方碧玉已在男宿舍门口等我。

"走!"她扯了我一把。

"碧玉姐……算了吧……反正已经挨打了,剥不下来了……"我结结巴巴地说。

"窝囊!"她说,"咱是来做工的,不是来受欺负的!"

我带她走到我的磅位旁。

"铁锤子"眨着眼睛训我:

"你他妈的干什么吃的?!扔下工作不管了?这么多棉农在等着你!你是不是干够了?"

"我挨了打……"我委屈地哭起来。

"活该！挨打是你找的！打得轻了！"

方碧玉冷冷地盯着"铁锤子"看。

"是哪一个打了你？"她问我。

那个熊一样的壮汉扛着一包二百斤重的棉花踩着颤悠悠的木板往棉花垛上走。他腿不软，腰板直。他虎背熊腰。

"就是他。"我指指那汉子。

方碧玉一声不吭，抄着手站着。

那男人踩着陷没膝盖的棉花，一直爬到垛的顶尖。扔下花包，扯着包角，把棉花抖搂出来。他把花包搭在胳膊弯上，仰着脸，一步步走下棉花垛。他的四方脸有棱有角，像一块铁坯子。

方碧玉一声不吭，抄着手站着。

她用闪电般的速度，扇了那汉子两记耳光。左一耳光，右一耳光。响声清脆，传得很远。在场的人都呆了。

那男人怪叫一声，扔下花包，抬手捂住了脸。这就是方碧玉家祖传的绝技：反正锅贴。

一般的人经不起这两下子。

这两个"锅贴子"贴得像刀刃一样快。

那汉子两腮立即胖了。

"走!"方碧玉命令我。

汉子吼叫一声,骂道:

"臭娘们!哪里走!俺活了大半辈子,都是俺打人,从没挨过打,今日是头一遭。"

他攥着拳头,张牙舞爪地扑上来。

方碧玉只一跳,就闪到一边,让他的凶猛拳头捅到虚空里去。

没等到他转回身来,方碧玉已凌空跳起,在空中踢出两脚,一脚踹在那汉子下巴上,一脚踹在那汉子小腹上。

他号叫着坐在地上,双手捂住腹,垂着头,呜呜有声,好像是在哭。

棉花垛上的临时工齐声喝起彩来。

孙禾斗手提着那杆破大枪跑来,一边把大栓推得哗啦啦响一边喊叫:

"不许武斗要文斗。"

"铁锤子"呵斥他手下的临时工:

"喊什么?看他娘的什么热闹?快给我干活!"

孙禾斗傻乎乎地问:

"谁跟谁打?怎么不打了?'铁锤子',怎么回事？"

"铁锤子"骂道：

"操你妈！"

"你怎么骂人？"孙禾斗问，"你骂谁？"

"骂你！""铁锤子"凶凶地说。

"你敢骂我？"孙禾斗一拉枪栓，"我毙了你这个小舅子！"

"你毙吧，""铁锤子"拍着胸脯说，"有种你往这里打！"

孙禾斗端起枪来，说：

"你以为我不敢打是怎么着？老子在珍宝岛打死过一个班老毛子，还不敢毙了你这个驴日的？"

"孙禾斗，你要干什么？！"厂长像只坛子一样风急火燎地滚过来，喘息不迭地说，"你要行凶杀人？"

"我不过是吓唬吓唬他，"孙禾斗拉开枪栓说，"枪里根本就没有子弹。"

厂长说："没有子弹也不许这样，万一把撞针弹出来也能伤人，再说枪口哪能对准革命同志？"

孙禾斗讪着脸，把大枪抡到肩上，说：

"这小子整个一个反革命'五一六'分子！"

"怎么回事，怎么回事？"厂长问。

"铁锤子"指指我和方碧玉,说:

"问他们俩吧!玩忽职守,殴打棉农!"

厂长说:"你们是不是干够了?干够了立刻给我回去,我这儿什么都缺,就是不缺人。"

方碧玉说:"回去就回去,离了你这门口俺就活不了怎么的!"

我却说:"都怨我不好。"

第八章

打架事件后,方碧玉成了公众人物。亲眼目睹了打架过程的人,在向别人转述时,都毫不吝啬地添油加醋,把方碧玉几乎描绘成了侠女十三妹。

那两巴掌两脚实在是太漂亮太过瘾了。两巴掌名曰"反正锅贴",两脚名叫"鸳鸯脚"又叫"二踢脚"。方碧玉的爹曾用"鸳鸯脚"踢翻一条恶狗,她却踢翻一个高大凶猛的男人。

方碧玉被全厂注目,无论在饭堂里排队打饭还是在井台上洗脸刷牙,大家都用敬畏的目光看着她。她的英雄本色再也掩饰不住,她也不再掩饰。她恢复了与我一起打药时的风采。她昂首挺胸。她扬眉吐气。她全身上下好像重新装满了弹簧。

几天后，厂里召开全厂工人大会，正式工、临时工统统参加。露天会场在打包车间的水银灯下。打包车间是个二层楼，水银灯安装在楼顶上。那是我看到的最亮最高的一盏灯，光亮普照全厂，波及农民的庄稼地。光是浅蓝色的，照得人脸靛青。几百人聚在灯下，如同一群活鬼。

支部书记先念了一篇《人民日报》社论，内容是关于批《水浒》反对投降派的。接下来厂长训话，他首先批评有人在棉花垛旁大小便，又批评有人用皮棉擦血。厂长说这事与男工没关系是女工干的。女工都垂着头不说话。公社党委书记的女儿"电流"大声说：

"与我们干部女儿没关系，我们有专用器材抢险救灾。"

众人龇牙咧嘴怪笑。

"防洪排涝！"一个男工说。

"电流"说："是农村来的女工干的，让我们跟着受牵连。"

方碧玉站起来，冷冷地说：

"你这样说有什么证据？是哪个农村来的女工干的？休要一网打尽满河鱼。另外厂长说得也不对，男工碰破皮肉、走火流鼻血不也用皮棉擦吗？"

厂长怒冲冲地说："方碧玉，我正要说你，你自己先跳出来了！你殴打棉农，破坏工农联盟，破坏治安，目无领导，厂里决定开除你！你明日找会计算算账，卷铺盖回家吃你娘做的吧。你武功很好，但我这里不是瓦岗寨！"

临时工们吓坏了，不敢吭气。正式工也他妈的不放一个屁。几个大蛾子死劲碰水银灯的罩子。这时更像一群鬼，我们，在一座庙里。

几十年后我想我当时应该跳起来，像个男子汉一样拍着胸膛说：

"这事不怨方碧玉，怨我，要开除就开除我吧。"

但我没有这样做。实际上我永远是个懦夫，永远是个患得患失的小人。

方碧玉站起来，平静地说：

"我可以卷铺盖回家，但要把事情说清楚。厂长你不能不分青红皂白，轻信一面之词。说到底俺是个农民，死乞白赖来干这份临时工，无非是想来挣几个钱，扯几尺布做几件新衣裳。俺没那么高的觉悟，照顾什么'工农联盟'。我打了那黑熊，不过是女农民打了个男农民，这事公安局都懒得管。路不平大家踩，马成功跟俺一块来的,他受欺负,别人看热闹俺不能看热闹。还有,厂长,正式工也不是祖宗给挣下来的皇粮,干部女儿也没长四个鼻孔眼!棉花加工厂是共产党的,也不是你们家的祖业。我拿着介绍信入的厂,你一句话打发不了我,你让我走我偏不走,你不让我走没准我自己走了。"

李志高青白着脸站起来,也许是激动也许是恐惧使他声音又尖又细:

"方碧玉不能走……她打得好!打得妙!打出了临时工的威风。临时工也不是你们锅里煮的地瓜,愿意怎么捏就怎么捏。我的话讲完了。"

有人怪声怪气地嚷了一句样板戏台词:

"老九不能走!"

好多人都嚷:

"老九不能走!"

我也跟着嚷了一句。

厂长气得浑身肥肉哆嗦,巴掌拍着屁股说:

"反了你们!反了你们!"

"我们不干了,受这个窝囊气,不拿我们临时工当人!"有人大声煽动。

支部书记一看事不好,连忙安抚打圆场说:

"方碧玉坚持正义,不畏黑大汉,敢于斗争敢于胜利,教训了刁民,打出了棉花加工厂的威风,基本上是件好事。厂长说开除你不过是开个玩笑唬唬你,要你不要再跟男人打架,怕你吃了亏。临时工正式工包括干部子女大家都是阶级兄弟,来自五湖四海,为了一个共同的革命目标走到一起来了。要团结不要分裂,要光明正大不要搞阴谋诡计。今天的会就开到这里,方碧玉你不要胡思乱想好好干活厂里不会亏待你。散会吧散会吧散会。"

方碧玉冲着支部书记鞠了一躬,说:

"天大地大不如您的恩情大,谢谢您。"

我叔叔说支部书记回到办公室把厂长训了一顿,说他差点惹出大乱子,这年头闹出个罢工事件咱都得倒血霉。厂长说这个方碧玉真不是盏省油的灯。

我叔叔骂我不成器,狗屎抹不上墙,死猫扶不上树,天生是个出大力的材料。

两天之后,"铁锤子"对我说:

"马成功,不用你司磅了,到皮辊车间找郭主任吧,以后你归他管。"

郭主任是个满脸麻子的半老头,正式工人。他会唱京剧《苏三起解》,咣采咣采咣咣采!还带锣鼓家什呢。麻主任说:

"小兄弟,抬大篓子去吧。"

第九章

据说现在的棉花加工厂都安装了吸风设备,只要把粗大的铁筒子插到棉花垛上,棉花便会源源不断地进入车间,再也不用抬大篓子了。

那种大篓子用竹片编成,长方形,宽约一米半,长约三米,高约一百二十厘米,两头缀着铁鼻子,中间横穿一根大杠子。单看看这套家什就吓你一跳。抬一天大篓子可挣一元三角五分钱。

都怨我自己不争气,得罪了"铁锤子",也可能连带着得罪了厂长,丢了好差事,由脑力劳动者变成了体力劳动者。幸好我是苦出身,干活干惯了。同时被贬到车间抬大篓子的还有李志高,毫无疑问他是因为在大会上为方碧玉辩护才丢了在维修车间磨皮辊的好差事的。

他深刻地对我说:

"小马,你感觉到了没有?这是一场尖锐复杂的斗争,是正义与邪恶的斗争,是真理与谬误的斗争。"

我激动万分地说:

"李大哥,我感觉到了。"

"你真的感觉到了?"他怀疑地问道。

"真的感觉到了,"我急忙说,"跟着你,我可是天天都在进步。"

"好,好。"他说,"斗争刚刚开始,要奋斗就会有牺牲,你怕不怕?"

"不怕。"我说。

他拍拍我的肩膀,说:

"好样的!"

"李大哥才是好样的呢!"我说。

老天开眼——也许是郭麻子的有意安排,我们和方碧玉一个班。这个班的时间是晚九点到凌晨六点,零点时休息半小时,食堂有热玉米面粥卖。

我不知道李志高心里怎么想的,反正我心里挺高兴。

夜里就要上班抬大篓子啦,尽管我在当司磅员时多次看到那装满棉花的大篓子像山一样压在两个健壮男子的肩上,压得他们趔趔趄趄,像两只醉酒的小狗,知道这碗饭不好吃,是绝对苦力的干活,但一想到能够时时见到方碧玉,便生出无数的渴望来。

我睡不着。我知道方碧玉与我只隔着十厘米,从看不见的缝隙和能看见的缝隙里,我听到方碧玉均匀的呼吸声。她在睡觉，为上夜班做准备。

李志高也没睡着，就着高吊在梁上那盏昼夜不熄的电灯泡的昏黄灯光，他趴在被窝里，只露着脑袋和一只手，一个小本子摆在枕头上，他在写什么东西呢？李大哥绝非久屈人下之人，他那么深刻，那么有思想，脑袋瓜子生得那么圆……跟他拜了兄弟，肯定要沾光……

我还是迷迷糊糊地睡过去了。

警卫班冯结巴披着黑大衣抱着破步枪踢开门，大声叫：

"起……起床……该……该换班了……"

警卫班负责提前半小时把上夜班的人叫醒。

用枪托子捣着女宿舍的门板，冯结巴继续叫：

"起……起床……该……换班了……"

第十章

十一年后，我与成了一级厨师的冯结巴冯飞扬在火车上邂逅。他又白又胖，穿着一身呢子制服，手腕上戴着一块足有三两重的大手表。

通过简短交谈，我知道他后来在舅舅的安排下，去了滨海油田，成了正式工人，先当炊事员，又进烹饪技校，去过香港、新加坡，回来评上一级厨师，娶了党委书记的女儿，生了一个胖儿子。话题自然转到棉花加工厂，他说：

"那时过的真是狗都不如的日子，想想过去，看看现在，我很知足。你不知道我们家当时有多穷。别人还从家背点玉米面投到食堂里，正儿八经地拿着粮票打几个窝窝头吃，我们家里连地瓜干子都吃不上。背着人，啃点菜团子，喝点开水，就算一顿饭。看到那些正式工吃馒头，馋得我呀，他妈的，眼泪鼻涕一块儿流。不瞒你说，有一次，实在饿极了，我跑到榨油车间去喝过棉籽油，一次喝一铁瓢。肚子受不了，肛门没了约束，不知不觉就流了油……"

我们一起笑了。

这小子现在是头发乌黑，像在油里浸过一样。我们忆着苦，思着甜，话题自然转到方碧玉身上。

"她死得好惨……"我说，"那么好的一个人，落了个粉身碎骨的下场……"

"你认为她死了吗？"冯结巴问我。

"怎么？难道她没死？"我惊异地问。

"她死在什么时候，你还记得吗？"

"永远不会忘记！"我说，"她死于那一年的一月二十五号,那天正好是腊月二十三,'辞灶日',过小年。"

"我认为方碧玉没死。"冯说。

"她的身子都被清花机给打烂了,你还说她没死。"

"她没有死,像她这样的女人绝不会自杀!"

"别说梦话了。"我说。

"你还记得那个被皮辊绞死的女工吗?"

"记得。"

冯说:"问题就在这里。"

第十一章

深秋的夜晚,天很凉了。我感到浑身哆嗦。

站在车间里,郭麻子手指着那一片皮辊机,对我和李志高说:

"你们俩负责供应这三十台车的棉花,误了找你们。"

柴油机轰鸣起来。地沟里,镶着铜牙的柴油机工孙师傅拿着铁撬棍往主传动轴上挂皮带。几十个身穿白围裙、头戴白帽、嘴上捂着白色大口罩的女工各就各位,面对着自己的轧花机。我毫不费力地认出了方碧玉。车间里灯光明亮,胜过白昼,她那两只黑色大眼在雪白衣帽和四周棉花的映衬下,蓝幽幽地放光,像狸猫一样。我看到她在注视着我和李志高。我认为她在对我们表示同情和关注。她在鼓励我们。她一定在为能与我们上一个班感到高兴。你的高兴就是我们的高兴呀,方碧玉。我在心里大声说。

传动皮带猛然抽紧,并发出尖利的摩擦声。传送轴轰轰转动,几十部轧花机皮辊旋转,除籽栅前后推拉,巨大的噪声立即充满车间。姑娘们抱起棉花,放在机前平板上,然后左右开弓,双手抓花甩动,让棉花均匀地落在两只皮辊之间。方碧玉的动作最迅速、最准确、最优美。

"还不快去抬棉花!"郭麻子对着我们大声吼叫。

机器的力量使人兴奋,我和李志高一前一后抬着大篓子,向棉花垛跑去。

另外两个抬大篓子的老手,看着我们笑。其中一个对另一个说:

"这两小子是热锅上的蚂蚱,蹦跶不了多会儿。"

他们笑得有道理,他们说得更准确。

垛在一起的棉花,竟然变得如此坚硬,这是我始料不及的。从垛上往篓里装棉花,其实是非常艰苦的过程，棉花挤压在一起，纤维粘连，拽着如同胶皮，插手难进。要想使棉花松软能抱，第一是用铁钩子把棉花扯下来，第二是爬到垛上去，坐下，用两个脚后跟找到层次，把棉花像揭饼一样蹬下来，这是抬大篓子的伙计们艰苦摸索后得到的经验。当时，我们在那儿扯呀，撕呀，有货装不到篓子里去，仅装了半篓，就气喘吁吁，汗流浃背了。

"你们俩小子，要磨洋工是不是？"郭麻子跑到垛边来骂我们，"几十台车等着吃！你们知不知道两个班在比着干？"

"主任，不是我们不急，是干着急拽不下来。"李志高说。

"笨蛋，用钩子往下抓，上去用脚往下蹬！"郭主任告诉我们。

上去一试，果然有效，很快满了篓。一抬，不起，再一挺，起来了。李在后，我在前，互相看不见。脊梁杆子弯曲，腿哆嗦，不拿准，一路歪斜，扭秧歌一样。顾不上说话，听到郭麻子郭主任在我耳旁说：

"小子，尝尝滋味吧！你们以为一天一块三毛五分钱就那么好挣？！"

进了车间，地上棉花绊脚，正扭着，感到后边猛一沉，李志高没招呼就扔了杠子。全身骨节一阵嘎巴，脸一仰，我一腚就坐在地上。幸好有些棉花垫着，没跌坏尾巴骨。姑娘们哧哧地笑我们，因为我们俩算公认的秀才。我也不知怎么就糊糊涂涂地成了秀才。站起来，哥俩顾不上埋怨，喊声号子，去倒大篓子，忘了抽杠子，倒不出来，又翻过来抽掉杠子，再翻回去，像屎壳郎翻屎蛋，狼狈透了。正想喘口气，郭麻子又吼："快去抬呀，操你们二大爷！没看到在跑空车吗？"我们顾不上回操郭麻子的三姑或二姨，抬起篓子就跑，现在李在前我在后，跑急了篓子碰腿。磕磕碰碰，到了垛前，手刨脚蹬，死活不顾，装满一篓，速度大提高。抬起来一溜小跑，在运动中求平衡，实践出真知。郭麻子说：

"这样干还差不多！"

一个小时过去，跑了十趟，抬进去十篓，汗流干了，浑身酸软，想歇歇，坐下就起不来了。躺在棉花上，什么也不想就想死。感到只躺了不到一分钟，车间里又告了急。郭麻子拿着小竹竿抽打着我们的屁股，脏话像吐鲁番的葡萄，一串一串的。没法子，强挣着爬起来，死干吧，干死吧，往死里干吧。感到像干了一个世纪似的。夜怎么会这么长？问李大哥几点了，李大哥几点了？李大哥从腰带上摘下手表，凑到鼻子尖上看了看，说十二点不到，就算到了十二点才算一小半，我的亲娘，什么时候才能熬到下班。车间里的轰鸣声好像把地球都震动了，那几十台皮辊机像几十只张着大口的巨兽，贪婪地吞食着，吞食着棉花，吞完了棉花就吞食我们……车间里白雾蒙蒙，细小的绒毛飞舞着，白炽灯泡上沾满花绒，像白色的猴头蘑菇。尘土和细绒已经改变了方碧玉她们的模样，她们的工作服和口罩变厚了，她的眼睫毛上沾满了花绒毛，像结满了冰霜的树枝。她们在拿着小竹竿的郭主任的催促下，机械地重复着那些动作，郭主任用小竹竿抽打着她们的屁股，催促着，快点，快点，薄撒，均匀，宋春花，你睡着了吧？大个子邹，你想把机器噎死？……室外星光灿灿室内尘绒弥漫，起初我还感到鼻孔发痒，直打喷嚏，现在我连喷嚏都打不动了。我们再也不敢停止手脚的运动了，而且事情正在起变化，不知从什么时候开始，肢体的疼痛和疲倦消逝了，感觉迟钝，伟大的麻木状态开始。这时候人的思维十分节约，我不知道我的李大哥如何，我只知道我自己的脑袋里只有黄豆粒那么大小一块明亮的地方，其他的部分都混混沌沌，处于半休状态。就是在那一点黄豆大小的明亮里，装着一只竹编的大篓子、一根大杠子和又白又硬又凉丝毫也不松软也不温暖的像毒蛇一样无情地纠缠在一起的棉花。直到十几年后的今天，一想起棉花，立刻便有那又白又硬又凉的感觉像蛇一样爬进我的脑海，使我万分地惊悚。

郭麻子吹响下班哨子时，红色的霞已经满了天。柴油机工孙师傅熄了机器，天地间突然安静，这安静产生了巨大的压力，压迫着每个人的耳膜，肉体，甚至是灵魂。我的耳朵嗡嗡地响着，突然感到眼前的一切都丧失了原来的模样。霞光怎么会是这样？晨风怎么会是这样？路面上的石块为什么会是这样？

我们哥儿俩扔掉大篓子，栽到垛旁凌乱冰凉的棉花上，我想应该说一句："同志们，永别啦！"然后悲壮地合上眼睛。

方碧玉毫不客气地踢着我的屁股：

"马成功，起来，起来，这样睡下去是要落病的！

"李志高，老李，起来，起来，回宿舍去睡！"

我们在爱的催动下，拼着最后一丝力气，回到了宿舍。爬上我的三层铺，如同攀登珠穆朗玛峰。

第十二章

开工资的日子到了，掐指一算，来到棉花加工厂已经三个月。据说正式工人每月发一次工资，临时工三个月发一次工资。但总算发工资了。什么叫上等人？上等人就是每月发工资。我们三个月发一次工资，处于上等人与下等人之间，可以算作中等人。下等人永远不发工资。

我记得那天晴空万里，阳光明媚，厂外的柳树脱光叶子，垂着柔软的枝条，像一排排默默肃立的革命英雄。棉花收购旺季已过，田野里的棉花擎着五瓣的淡黄色花壳，显示出即将牺牲的悲凉与轻松。厂里的柴油机被一个姓张的小子戳弄坏了，需要大修，车间放假，我们都准备拿着工资回家看看。

办公室外拥挤着二百多人，女多男少，都穿着自己最好的衣服，脸上涂了一层气味逼人的雪花膏、香脂之类。我既无新衣好换，又无东西往脸上抹，心中不甘不漂亮，便偷挤了李志高一些"白玉"牙膏抹到脸上，脸上又麻又痒，着风一吹凉飕飕的，感觉很好；还用热水洗了头发和脖颈，用一块锋利的碎玻璃刮了刮牙齿上的黄垢，刮得牙龈破裂，满嘴血腥。李志高打扮得风度翩翩，满头的乌发与脚上的皮鞋上下呼应，闪闪发光，宛若优质煤炭。我当然发现他吸引了姑娘队里的许多目光。孙红花磨磨蹭蹭地就和李志高靠在了一起，咯咯地笑着。她的笑声令我厌恶,使我生出许多流氓的思想,使我想起村子里那个老光棍的经验之谈:人浪笑,猫浪叫,驴浪吧哒嘴,狗浪跑断腿。我通过观察,确认这是真理。那么,孙红花对着李志高我的李大哥如此浪起来,说明她对我李大哥有意思。只要李大哥要她,她一定脱不迭裤子。想到此,不由我全身发热,像犯了罪一样,偷偷窥视那些与我一起排队领工资的人,生怕他们看到了我心中那些不高尚的想法,尤其不能让方碧玉看破我的内心啊。她站在那里,面上神情淡漠,不和任何人搭腔,像一棵黑色的树。

负责发放工资的是那位满脸纵横皱纹的老蔡。自从开枪、跳井后,他仿佛又老了十岁。他拖着长腔,按照工资表呼叫人名。

终于呼叫到我的名字了。我分拨开众人,挤进办公室,兴奋得有点手脚无措。厂长、书记,还有那些大小头目正式工们,都坐在那里,目光灼灼,盯着我也一定盯着每一个前来领取工资的临时工。我突然感到心里空虚,好像我来领取的不是艰苦劳动的报酬,而是他们的施舍一样。

厂长严厉地说:

"马成功,拿到了钱,要好好想想,党给了你们这些钱,你应该拿出点行动来答谢党的恩情!"

"我好好干活,死命抬大篓子。"我嗫嚅着。

厂长与支部书记对视片刻,支部书记点了点头,说:

"发给他吧。"

厂长对老蔡说:

"发给他吧。"

老蔡说:"过来过来,靠前点。"

他照着册子念道:

"马成功,实干工日八十五个,日工资一元三角五分,应得工资一百一十四元七角五分,扣除水电住宿费八元五角,实发工资一百零六元二角五分。"

他把一大摞钱推到我面前,说:

"这里边含有交生产队的钱,原则上是交队里一半,队里给你记一个整劳力工分。具体交多少,你自己回去跟生产队里协商。"

紧紧地攥住钱,我走出办公室。初次拿到这么多钱,心中充满幸福感。即使是交队里一半,也有五十三元多钱归我所有。我想我应该去买一件蓝卡其布军便服上衣,买一条灰布裤子,再买双紧口白底青年鞋,最好再配上一双花格尼龙袜子。应该买包香烟,高级一点,

"金叶"或"玉叶",每盒两毛九,不要"勤俭"和"葵花",每盒九分钱。还应该买柄牙刷,买管"白玉"或"分外香"牙膏,我也要刷牙,像李志高大哥那样,嘴里插着一把牙刷,满嘴吐着白沫,说话呜呜噜噜,显得那么有派头,有文化,有地位,有身份。买了牙膏牙刷,还应该买个红塑料香皂盒,买一块高级的"罗锅"牌香皂,再配一条花毛巾,洗脸时,一定要用毛巾擦,像电影里那些干部。把这一切配齐了,我还应该买辆"金鹿"牌自行车,买块上海产全钢防震十九钻手表,配上两条表链子,一条铁的,一条皮的。夏天用铁表链,冬天用皮表链。那时我一定转成了正式工人,我骑着崭新的自行车,戴着光灿灿的手表,穿着灰涤卡衬衣,挽着袖口,衬衣的下摆一定要扎到腰带里,不要像老农民那样打着伞。裤子,一定要那种深蓝色混纺华达呢,裤线要有缝,没有熨斗,可用装满热水的玻璃瓶子代替。坚决买双皮鞋,要牛皮的不要猪皮的,猪皮毛眼子粗,擦不亮。还要什么呢?足了,什么都不要了。那时我可以每个月开工资,歇星期天也照样开钱。忘了一件大事:要对一个象。方碧玉,方碧玉我还要吗?不要,坚决不要。要找个月月开工资吃国库粮的,要长得漂亮,要有文化,最好会唱歌,会唱那首著名的抒情歌曲,"小河的水清悠悠庄稼盖满沟",然后是"解放军进山来帮助咱们闹秋收"。实在不会唱歌会跳舞也凑合,"南飞的大雁请你快快飞"……那时候,正式工人马成功,这位英俊潇洒的小伙子,携着她的手,昂着头,挺着胸,分花拂柳,沿着河堤漫步。他口中吟诵着唐诗宋词,手持纸折扇,与美人同行,犹如羊群里的两匹骆驼,鸡群里的两只仙鹤,那些在堤下棉田里摘棉花的女人,都直起腰,看直了眼,看走了神,嘴里发出啧啧的感叹声:"瞧人家,郎才女貌,才子佳人,天生的一对,地设的一双,弯刀对瓢切菜,生子当如马成功!"我携着她走进棉田,她穿着一条火红的裙子,迎风招展,像一面鲜艳的红旗飘进棉田,犹如天仙下凡。洁白的棉花与她火红的裙子形成鲜明的对照。她皮肤光滑,唇边两个小酒窝,性格温柔,待人礼貌。大娘婶子姑娘姐妹们像一群蜜蜂,或者一群蝴蝶,把她当然也把我包围在中央。大娘伸出生满皱皮的老手,把她的手抓住,赞不绝口:"瞧瞧这手,瞧瞧这手,像剥了皮的葱白一样,尖溜溜,滑溜溜,溜光水滑呀溜光水滑……"姑娘们捧着她的裙子,反复欣赏,有一位还把脸贴到她的裙子上。这时候,我应该拉着一位老大娘的手,对她嘘寒问暖,态度和蔼可亲,要把她感动得热泪盈眶,把我当成县里来的干部或是省里来的演员……我们终于摆脱了这群农村妇女,互相搀扶着,表现出相亲相爱、相敬如宾的样子,攀登上大河高堤,在攀登的过程中,最好她的手能被锯齿形的草叶拉开一条血口,不要太深也不要太浅,太深则疼痛,太浅则做作。她轻轻地呻吟一声,我紧紧地抓住她的手,用嘴巴去吮吸她的伤口。这一幕多么亲切感人,会把那些大娘婶子们羡慕得要命,感动得半死,我们知道她们一定在眼巴巴地看着我们,但我们故意不回头,不要让她们错以为我们是表演给她们看。我们是天生成一对情侣,情侣一对天生成,我们的亲密举动源于火一样的从骨髓里榨出来的从血管里奔涌出来的真爱情……我吮完她手上的伤口,从衣袋里掏出一条绣着几朵鲜红凌霄花的洁白手绢,替她包扎,然后我像托一只小鸟一样,右手搂着她的屁股,左手搂着她的脖颈,她双手紧紧地搂着我的脖子,把那颗血红的脸蛋儿埋在我的胸膛里……她的秀发如瀑布顺着我的胳膊弯子一泻千里,犹如万丈长缨,要把鲲鹏缚。我左手如抱泰山,右手如托婴孩,跌跌撞撞往上走,幸福之火熊熊燃烧,烧得我头晕眼花。我们忘情地拥抱在一起,我寻找着那两片玫瑰花瓣一样芳香扑鼻秀色可餐之唇……我们互相怀着感恩戴德的心情,依依偎偎拉拉扯扯搂搂抱抱拍拍捏捏向前走，革命道路艰难崎岖仿佛永远没有尽头。突然，前方垂柳树下站定一个人，黑干加枯瘦，好像一棵严冬的树。方碧玉终于出现了，在马成功的故事里，没有她的出现，整个故事将变得枯燥无味，犹如一潭死水。这时，我，翩翩青年马成功，应该仪态潇洒地走过去，主动伸出我那只腕上戴表的右手，镶着红点儿的秒针快速游走，表壳在夕阳余晖下闪烁温柔祥和之光。我的手细腻，她的手粗糙。我白，她黑。但是我绝不骄傲。我握住她的手，轻轻地一握，然后稍微一低头，彬彬有礼地说："碧玉姐，您好！"她一定满面愧色。我对她介绍我的她，碧玉姐，这是我的妻子，学名凌霄花，俗名爬山虎。然后再反过来介绍，爬山虎——对，应该叫她小爬或小虎——这是我在农村时的同伴，方碧玉。这两个女人会怎么样表现呢？她们会互相打量一番，然后必然是方碧玉自惭形秽，爬山虎醋溜兮兮。方碧玉，你现在该后悔了吧？我向你求爱，你竟敢嫌我小，嫌我没出息。现在你还怎么说？当然，我马成功不是那种得意忘形的势利小人，富贵不忘贫贱交嘛。我对你方碧玉也是辗转反侧心念旧恩呀！呀！呀！呀！乌鸦要归巢了，我们也该回家啦……亲爱的，让我们紧紧拥抱……

"马成功!"

我听到有人在耳边喊叫,并感到有人在拍打我的肩膀。努力定神,摆脱幻觉,才发现我正搂着一棵糊满了干牛屎的柳树啃树皮。我满脸都是幸福的泪水。

方碧玉惊讶地看着我,问:

"你得了失心疯了是不是?"

我羞得要命,支吾道:

"我故意出洋相逗你笑。"

"吓我一跳,我还以为发了几个钱把你欢喜疯了呢。"

"瞧你说的,碧玉姐,我马成功再没出息也不会到那种程度。"

"好吧好吧,"她说,"咱结个伴回趟家吧。"

"我在这儿就是为等你的嘛。"

"走吧。"

"走。"

踢着石头往前走。

"碧玉姐,你每天开多少钱?"

"一元二角五分。"

"你呢?"

"一元三角五分。"

"你们抬大篓子出大力。"

"挣钱多的不出力,出力多的不挣钱。"

"你知道孙红花她们几个干部子女挣多少?"

"我不知道。"

"一元三角。"

"比你们多,你不是技术能手吗?"

"那管什么用?"

我们悠闲自在地向前走,其实我并不悠闲,一方面适才那场梦幻的余毒尚未完全清除,我还把一半身心浸泡在幸福的药酒里——或者说我的脑袋还在天上身体在地上——幸福的感觉像发了疯的狗一样追逐着我狂吠,使我不能很实事求是地与这位被我臆造出来的爬山虎姑娘枪毙掉的方碧玉交谈——爬山虎犹如天边的彩霞渐渐消散,只剩下一团模糊的暗红存在于我的意识之中——另一方面我的靠心脏部位的衣兜里装着三个月劳动换来的人民币,我强烈感觉到它的存在,感觉到它对我的心脏乃至神经系统所施加的巨大压力。它使我精神沉重肉体轻飘。上述两方面都证实了在我与方碧玉同行的第一阶段我是一个精神与肉体分裂了的二元论者。

走着走着就晚霞满天了。爬山虎已融进晚霞,与我脱离了假想的夫妻关系。土路上有迈着沉重的步伐自田野返回的农民,他们脸上都蒙着一层厚厚的尘土。我和方碧玉与他们擦肩而过时,感到他们用仇恨的目光斜视着我们。我下意识地按按衣袋,人民币一沓全在。田野已基本光秃秃了,只有一小片一小片的棉花柴还没拔。偶尔也有一棵树在路边挑着碧绿的叶子,生出许多妖气来,因为别的树都已落叶唯独它不落叶。那次给我印象最深至今难以忘记的是一个体重足有二百斤的大胖子开着一辆用十二马力柴油机组装成的小拖拉机。他端坐在驾驶座上,俨然一座巍巍肉山。车后的小挂斗上,竟插着八面大红旗,显得诡怪而神秘。开车的大胖子是我小学的同学,他把拖拉机的油门开到最大,黑烟滚滚,红旗猎猎,十分英勇悲壮。我和方碧玉向他打招呼。他对我们的招呼不屑一顾。他严肃的面孔在我们眼前一闪而过。

我跟方碧玉相视一笑,顿时觉得周身通电,精神振奋,如同中了魔法。我们同时转身同时说:

"追上他!"

道旁的百姓害怕这挂着旗子的车如同害怕一车烈火,纷纷闪到路边,有急忙中扭了脚的也不足为奇。有一头毛驴受了惊吓,拖着地排子车蹿到路沟里去了。赶车的农民扯着嗓子骂,不知他是骂驴还是骂车。那天的情景经常像电影一样在我脑海里闪出:一辆妖怪车在前跑,两个傻男女在后边追。

追呀追呀追呀追!

追上了。

大胖子刹住车,挪下车来,问我们:

"你们追我干什么?有事吗?"

我不满地说:

"开这么个破车,老同学叫着都不答应,要是开上吉普车,连你爹叫你也不会应。"

"老同学,你胡咧咧什么?"他弥勒佛一样笑着说,"我光顾聚精会神开车了,目不斜视,哪能看到你们?方碧玉你说对不对?"

方碧玉嘻嘻地笑起来。

"你开这车干什么去?"我问。

"不干什么。"他认真地回答。

"那你把我们送回家去行吗?"方碧玉问。

"当然行啦。"他说,"只要你大妹妹开了金口,甭说送到家,送到北极去都行。"

他站在车下拧着方向盘调转了车头,说:

"上来吧,你们。"

他跨上车,说:

"坐稳,走啦。"

扑扑通通一阵响,机器冒着黑烟,吭吭哧哧往前爬。

我说:"跑快点嘛。"

他说:"你别吵吵好不好?嫌慢坐炮弹去。"

忽听背后有人喊叫:

"方碧玉——方碧玉——小方——"

原来是李志高。

我说:"等等他。"

胖子说:"就你啰唆,让他追就是了。"

李志高追上来,一个蹿跳上了车,跟方碧玉坐在一起,气喘吁吁地说:

"一转眼就不见了你们,我到处找,有人说你俩结伴回家啦,把我急得呀,在门口转呀转,一转眼看到你们在车上。"

"你不回家?"方碧玉冷淡地问。

"我没有家,"李志高说,"革命者四海为家嘛。"

"找我有事?"方碧玉问。

"没什么事,"李志高脸皮有点红,说,"反正我无家可归,想送送你们。"

"方碧玉武功超群,八个小伙子也近不了她的身,还用你送?"我说,"李大哥你回去吧。"

他说:"送送吧,这么威风体面的红旗车,我坐会儿过过瘾。"

夜色渐渐涸上来,一钩新月在西南方很矮地挂着。棉花加工厂那盏水银灯亮了,碧绿碧绿,像魔鬼的眼睛。胖子把车灯打开,本来有两只灯,坏了一只,只亮一只,独眼龙,一道略呈绿色的白光,照着崎岖的路面。

走了一会儿,胖子停车,说:

"你们下去吧,快到村了。"

"胖子,送人送到家。"我说。

"不行不行,我有任务,耽误了不得了。"

"下吧下吧,"方碧玉跳下来说,"你快回吧,耽误你工夫真不好意思。"

李志高也跳下来。方碧玉说:

"你就别下了,顺便坐回去吧。"

"不,不,"李志高说,"我愿意走走。"

胖子调过车头,一加油门,窜了。

方碧玉说:"老李,你快回吧,俺到村了,没法招待你。"

李说:"没事没事,我侦察过你们村的地形,村头有个麦草垛，垛上有一个大窟窿，送你们到村后，我钻到草垛里去睡一夜，明早你们回厂时叫我一声，咱们一块走。"

"你这人有神经病吧？"方碧玉说。

"我这人喜欢冒险，喜欢干别人不敢干的事情！"他说。

方碧玉再也没有吱声。

到了村头，李志高果然钻到草垛里去了。

方碧玉站在草垛前，想说什么又没说出来，星光洒下来，一切都朦胧，失去了真面目。

第十三章

后来我一直在想，如果李志高不英勇地夜宿草垛，就不会有紧随其后的浪漫故事。我猜想，事情发展到危急关头，方碧玉也许会捶打着李志高的胸膛，悲愤交集地哭诉，为什么？你为什么要在那麦草垛里过夜？到了这步田地，你又软了，熊了，像受了惊吓的鳖一样，把脖子缩了回去！

第十四章

"多少缠绵曲折的男女爱情故事,都沉痛地证明和宣告:女人的爱情之火一旦燃烧起来,就很难扑灭;而男人,在关键时刻总是像受了惊吓的鳖一样,把脖子缩了起来。"十八年后,我喝了一大杯酒对着与我对饮的李志高说。

李志高头发根部颜色红黄,一看就知道是染过了的。他已是县棉油厂副厂长,四十多岁的人了。他喝了一口酒,用筷子挑挑拣拣夹了一根碧绿的菜梗放到嘴里,愁苦满面地说:

"活到如今,我只信命,别的什么都不信了。"

我正准备激烈地反驳他时,他的十八岁的女儿李棉花穿着一身艳丽的衣裳闯了进来。这姑娘很像孙红花。她咕嘟着嘴对李志高说:

"爸爸,我要改名字!"

"为什么?"李志高问。

她说:"你给我起了这么个破名字、丑名字、土名字,同学们都笑话我。"

"我跟你妈是在棉花加工厂里相识、结婚,然后有了你,所以叫你'棉花'。"李志高说。

她反驳道:"在棉花加工厂里相识就叫我'棉花',要是在化肥厂里相识就该叫我'化肥',在橡胶厂里相识就该叫我'橡胶'是不是?"

李志高苦笑着说:"胡搅蛮缠!你打算改成什么名字?"

她说:"我准备改成李口百惠子!"

李志高说:"随你自己的便吧,你改成山本五十六我也不管了。"

第十五章

我相信,方碧玉和李志高的浪漫史上最幸福、最富有爱情特征的一夜,也是李志高夜宿草垛的一夜。过了这一夜,他们的关系便突飞猛进,迅速发展,很快把事情推向高潮,同时也推向深渊。

那天,他沾着一头麦糠与我们同归棉花加工厂。在冉冉上升的朝阳里,他头上的麦壳像黄金,他的微笑也像黄金一样灿烂。

经过一夜的思想斗争,我虽然痛苦但却清楚地意识到:方碧玉与李志高才是天生的一对,我不是李的势均力敌的对手,我缺少夜宿草垛的勇气。我决定退居二线,发扬风格,为他们二人穿针引线,搭桥铺路,充当一个光荣、高尚的第三者。在我还年轻的时候,能做到这一点很不容易。

方碧玉从她的花书包里掏出四个热得烫手的红皮鸡蛋,分给我和李志高每人两个。拿着鸡蛋,我的灵魂在哭泣。我意识到这鸡蛋是为谁而煮。虽然都是同样的红皮鸡蛋,但李志高那两颗重若泰山,我这两颗轻如鸿毛。一个早起捡狗屎的老头满脸冰霜地看着我们,吓了我们一跳。

她用我认为是充满了似水柔情的眼睛抚摸着李志高那张棱角分明的脸。他毫不客气地往口里塞着鸡蛋,鸡蛋黄噎得他泪流满面。她笑起来,并且用半握的拳头捶打了一下他的背。这一拳是他们爱情的定音鼓。一锤定音。这一拳看起来打在李志高背上,实则打在我的心脏上。完了,我已经被淘汰了。李志高大笑起来,鸡蛋残渣在笑声中喷出,好像横飞的弹片。随着笑声,他的头颅在抖动,头上蓬松的黑发跳跃,宛如啼鸣雄鸡尾巴上的翎毛。那时候已经流行留长发,那时候留长发是反社会反传统的鲜明标志。我听棉检室的"一撮毛"赵一萍说过,男人留长发是吸引女性的需要。她举了两个富有说明力的例子来论证她的理论。她说国外有一位科学家做过这样的试验：剪掉雄狮头颈上的长毛，那雄狮身边的雌狮立刻离它而去，去寻找头颈上有长毛的雄狮。剪掉雄鸡尾巴上的卷曲高扬着的翎毛，雄鸡便被母鸡们啄死。由此可见，毛发对雄性是多么的重要，这不但关系到吸引配偶，而且关系到生死存亡。我摸了一下自己光秃秃的头颅，在自惭形秽的同时，暗下决心要像爱护生命一样爱护头发，即便吸引不了方碧玉，也要吸引别的雌狮和母鸡。

一路说了许多话，其实都是废话。对话的内容对陷入情网的男女来说变得毫无意义，这时传递性与爱的信号的载体是他们各自的声音。我也说了不少话，看起来我们三人的话是一个和谐整体，实际上我的话是对他们互相传递爱情信号过程中施放的干扰。

第十六章

李志高提出跟我调换铺位。他的理由是下铺太吵，影响他思考一些重大问题。他拍着他那个红皮笔记本对我说，他正构思一部反映农村阶级斗争的长篇小说，比《艳阳天》还厚，比《金光大道》还长。他说这部小说一旦写成必将轰动全国，成为名著。他说：

"老弟，我需要安静。这部著作的后记中，我将写上你的名字。"

他的目光深邃，像深不可测的海洋，能为这样一位未来的大人物做点什么是我的幸运，我还有什么个人利益不能牺牲？还有什么私心杂念不能抛弃呢？尽管我知道他到上铺去是为了与方碧玉建立某种秘密联络，但我还是果断地说：

"好，李大哥，为了你的伟大事业，别说让我从上铺挪到下铺，就是让我挪到猪圈里去，我也不会有丝毫犹豫！"

李志高激动地抱住我，抑扬顿挫地说：

"'人生得一知己足矣，斯世当以同怀视之'！"

第十七章

我和李志高抬大篓子抬出了经验，抬出了技巧，肩膀上磨出了老茧。二百五十斤重的一大篓子棉花上了肩，再也不左右摇晃、举步维艰了。现在我们抬着大篓子一路小跑。我们头上冒着热汗，嘴里唱着小调。前边说过，李志高多才多艺，吹拉弹唱，样样在行。他会唱吕剧、京戏，会编顺口溜，会写打油诗。我唱的小调都是跟他学的。我们边跑边唱，车间的女工都看着我们笑。车间主任郭麻子是个戏迷，好乐，好热闹，他开始喜欢我们。他非常喜欢我们。他对厂长说：

"那两个小伙子真不赖，满肚子艺术，干着那么累的活，不发牢骚不叫苦，革命乐观主义精神，带动了全车间的积极性。建议给他俩每天加五分钱。"

听我叔叔说郭麻子正在领导面前说我们的好话，我挺感动。我想别看郭麻子的嘴巴刁，其实是个爱憎分明的好人。我把情况告诉了李志高，李也说郭麻子还不错。

我们俩一抬上大篓子就才思泉涌，我想很可能是艺术细胞就像吸了水的棉花一样，杠子一压，艺术就流出来了：

> 火红的太阳落了山，
> 三百斤棉花上了肩，
> 抬着大篓子来回蹿，
> 抬着棉花进了车间。
> 一眼看到了女婵娟，
> 遮着头来盖着脸，

只露着两只毛毛眼,

让我怎能不心酸。

......

多数都是诸如此类的词儿。

我跟李志高发明了歌唱工作法。歌唱是我们的馒头,是我们的麻药。我们猛抬一小时,便可以休息半小时。休息时,我们或是躺在棉花垛上数星星,或是坐在车间的墙角,看那些女工,重点是看方碧玉。

姑娘们被我们埋在棉花里。她们很愿意我们在她们身左身右身后堆满棉花,因为这样可以节省她们弯腰抱棉花的力气。另外,把身体埋在棉花里还可以抵御寒风的侵袭。我们总是先把方碧玉用棉花埋起来,让她省力,让她温暖。别的姑娘吃醋,骂我们。谁骂我们我们就不埋谁,让她不断地弯腰从身后很远处抱棉花,让她在后半夜的寒风中打哆嗦。

"李大哥,马大哥,快把我埋起来吧!"姑娘们求我们。

我们欣赏着白色的皮棉像瀑布一样、像连绵不断的白云一样从两只皮辊间倾泻出来,落在皮辊机前的储棉箱里。收皮棉的姑娘推着皮棉车在两排轧花机中间来回奔跑。皮棉车其实是个四四方方的竹编大篓子,篓下安装着四个轴承,跑起来咯隆隆脆响。车间的尽头有一个起重装置。皮棉车推上支架,推皮棉车的姑娘按一下电铃,楼上打包车间的临时工按住刹把,把皮棉车吊上去,皮棉倒在打包箱里,再把空车吊下来。

棉花的绒毛是种讨厌的东西,它那么喜欢沾人,往我们的衣服上沾,往我们头发上沾,往我们眉毛睫毛上沾,往我们鼻孔喉咙里钻。它撕不掉扯不掉,只有用刷子往下刷用海绵往下擦。走在大街上,它向人们证明我们的身份。

满目的白色令我们视觉疲惫不堪,农历十一月初,鲜红的血染红了白色的花。

那天夜里,照老例我们把姑娘们用棉花埋起来,然后躺在车间边角棉花上看景。那晚上加工的是一级棉,棉絮肥大蓬松。因为特别冷,我们在方碧玉周围倒了四大篓棉花,埋住了她胸脯之下的全部身体。紧靠方碧玉的那位长辫子姑娘,人很好,我们也把她埋得很深。也该当有事,一阵风刮掉了她的工作帽,盘在帽里的辫子突然松开,这时她正转过头来抱棉花,两只飞速旋转的皮辊把她的辫子吃了进去。我们听到一声惨叫,就看到姑娘仰面朝天躺到机器上。所有的人都愣了。鲜红的血四处迸溅,周围的棉花上血迹斑斑。郭麻子大叫,停车停车停车!他向柴油机房跑去,两条腿像弹簧一样起起伏伏。女人们尖叫着想逃离机器,我们堆在她们周围的棉花阻碍着她们的行动。一刹那间全车间乱纷纷,女工们像陷在流沙中一样,手脚并用,连滚带爬地从棉花中挣脱出来。

那姑娘的辫子连同着全部头皮,从皮辊机中吐出来,吐到皮棉箱子里,她的头变成了一只令人又恶心又恐怖的光葫芦,满脸血污,分不出了眉眼。一群女工尖叫着窜到车间外,弯着腰在寒风中呕吐。

柴油机突然停了,厂领导和那些正式工们喘着粗气跑进车间。郭麻子双手抱着头坐在棉花上,好像死人。厂长破口大骂:

"郭麻子我操你祖宗!"

享受着临时工中最优惠待遇的卫生员"电流"虚张声势地背着一个药箱子跑来。一见长辫子的模样,她扔掉药箱,叫了一声"妈",一屁股坐在棉花上,昏了。

支部书记吩咐人把长辫子姑娘往临近的医院抬。她像一只掐了头的虫子一样在棉花上扭动,扭到哪里哪里红。我第一次感到棉花是那么肮脏,那么令人生厌。

正式工都怕被鲜血染脏了手,躲躲闪闪往后退,女工们多半逃出了车间。支书是个大胖子,拉了长辫子姑娘一把,随即跌倒在棉花上,沾了一手血。他生气地说:

"都来呀,救人要紧。"

不是我为了拔高方碧玉而故意让她英雄,当时在场的人都会证明方碧玉英雄无畏。是她继支部书记之后扑上去,抱起了长辫子姑娘,并急中生智,用大团的皮棉包住了长辫子姑娘鲜血淋漓的头颅。她把那生命垂危的姑娘从棉花堆里拖出来,胸前的白围裙沾满了鲜血。

支部书记说:"来人呀,快送医院。"

方碧玉说:"李志高、马成功,快把大篓子抬过来。"

我们立即执行她的命令,把大篓子抬到她的面前。

"快往篓子里抱皮棉!"她说。

我们抱了两大抱皮棉放到篓子里。

她把那个姑娘放进大篓子,一挥手,命令我和李志高:

"抬起来,跑,去医院!"

我和李志高的抬篓技巧在危急时刻超水平发挥。从棉花加工厂到公社卫生院约有三里路,我们跑了八分钟。方碧玉手把着篓子沿,帮我们维持着篓子的平衡。

我们在前边跑,后边跟着一群人,拖拖拉拉,像败兵一样。

第二天早晨,长辫子姑娘死了。

长辫子姑娘姓许,棉花加工厂附近村里人。许姑娘是个孤女,跟着远房叔叔长大成人。让她来棉厂做临时工,是村里对她的照顾。这人沉默寡言,郁郁寡欢,很爱惜那两根辫子。我对她印象不坏。想不到她竟死在那两根辫子上。

她的远房叔叔来闹,不流泪,光数说为抚养她长大花了多少钱。数目自然大得惊人。厂里给了她叔叔三百元钱,嫌少,又追加二百,还嫌少,又加了五十元。她叔叔拿着五百五十元钱走了。临走时说,死尸他不要了,是烧是埋厂里处理吧。

那时火葬刚兴起来,厂里想,去火葬又要雇车又要买骨灰盒,既麻烦又费钱,还扩大了不良影响。索性就掘坑埋了吧。埋葬时堆起了一个坟头,在那儿埋上块白石条做纪念。

老蔡在白石条上写了五个红漆大字:许莲花之墓。

厂里如此草草处理了许莲花的后事,临时工们尤其是女临时工们都觉得挺寒心。有七个女工打起铺盖卷回了家。没走的女工也情绪低落，胆战心惊。一时间厂里听不到欢声笑语，生产大受影响。

出了人命事故，厂里在县里商业局里丢了丑。厂长、书记挨了剋，整天灰溜溜的。过了几天，厂里意识到：出了大事故，更要抓生产抓进度，否则要赚更大的丑。只要能把生产抓上去，上级就会原谅。厂里召开了党员会，正式工人不是党员的也旁听了会议。各车间、小组的头头向会议反映了工人们的情绪，有个别良心发现的正式工还向领导提了意见，希望厂里花点钱，做点安抚人心的工作。

厂里决定为许莲花召开追悼会。追悼会在许的墓前露天进行，厂长主持追悼会，支部书记致悼词。追悼会结束前，支部书记还对方碧玉、我、李志高提出了表扬，书记说我们三人在抢救伤员时表现英勇，行动神速。书记号召全厂职工向我们学习。为了表彰我们的事迹，厂里决定出一期黑板报，并奖给我们每人十元人民币。

第十八章

那一段时间是我们的黄金岁月，厂里给了我们荣誉，我们感动得要命，于是便努力工作，处处带头。有一些临时工嫉妒我们，风言风语地说我们三个人关系不正常。正式工如"铁锤子"之类，见面便对我们冷嘲热讽。方碧玉警告他，如果再敢胡说，就砸他的黑石头。他这才老实了点，见了我们双眼眨巴得像饿鸡啄米一样，不知道又在想什么坏主意。我们说领导真是瞎了眼，竟把这等社会渣滓转为正式工人，败坏工人阶级的队伍。后来又有传言说厂里要把我们三人转为正式工人，我兴奋得一夜未眠，第二天赶紧告诉方碧玉，方碧玉说，你别做梦了。

我们的好日子很快就结束了，表彰着我们英勇事迹的黑板报的粉笔字也被一场雨夹雪抽打得模模糊糊。许莲花之死留给临时工们的惨烈印象也逐渐变得模模糊糊了。

第十九章

又开了一次工资。

这次回家，方碧玉没跟我一起，我约她，她说有事，不想回去。过后我听说她跟李志高一起下饭馆吃饭喝酒了，我感到很生气，因为他曾说过要跟我一起喝酒的，有了方碧玉,他就把我淘汰了,这个重色轻友的家伙。

我回家那晚上,国支书派人把我叫了去,向我打听方碧玉的情况。我说她表现很好,在厂里威信很高。国支书严肃地问:

"李志高是个干什么的?"

我说:"跟我一样,抬大篓子,出苦力气。"

国支书冰冷地说:

"你捎个信给碧玉,让她回来趟,说我有事找她。"

第二十章

"碧玉姐,"我同情地说,"你公公国支书让你回去一趟,说有事找你。"

她脸色灰白,端着一盆水木在井台上,好一会,才问:

"他还说别的没有?"

我支吾了一会儿,决定还是如实相告:

"他还问起了李志高李大哥的情况。"

"你怎么说?"

"我说他跟我一样,抬大篓子,出苦力气。"

她两眼泪汪汪地说:

"马成功,好兄弟,这些话就烂在你肚子里吧。"

她两眼泪汪汪,我也两眼泪汪汪。我说:

"碧玉姐你放心,你和李大哥的事我心里明白,你们俩对我好,我永远维护你们。"

她说:"其实也没有什么了不起,大不了就是个死。"

我说:"碧玉姐你千万别这么想,天无绝人之路,实在不行你们俩就跑了吧。"

她说:"其实我跟他什么事都没有。"

第二十一章

李志高跟我交换铺位后,我一直未忘记观察他。每当上铺的人像死猪一样沉沉入睡后,我就听到笃笃的敲墙声。听到这敲墙声我的心便碎了,复杂的情绪像毒药一样在我的血液中循环着。我想号叫,我想骂人,但我既不能号叫也不能骂人。我拉起油腻的被子蒙住头,腥臭的味道使我窒息,但那笃笃的声音穿透被子似乎更加清晰地传进我的耳朵。我用全部身心感受着这敲墙声。我仿佛看到墙对面的方碧玉折起身来,悄悄地穿好衣服,不,她根本就没脱衣服,她在等待着李志高的信号，笃笃！笃笃笃！声声如重锤敲鼓震动着我体内密如蛛网的神经。她瞧瞧身旁已沉沉睡去的同伴，轻快无声地从梯子上滑下来，她像一只花猫像一只蝴蝶像一片彩云从梯子上飘下来。她穿上鞋，踮着脚尖，溜到门边，拉开门，一闪身，站在夜气浓重之中，寒星满天之下。李志高笨手笨脚地爬下梯子，大模大样地向门口走，好像要出去小便，一只手胡乱摸索着裤扣不知是在解还是在系。他拉开门，一阵冰冷的空气灌进这臭烘烘的宿舍。一切复归平静。我掀开被头，把脑袋露出来，那盏昼夜长明的二十五瓦灯泡把哀伤的微弱黄光浓一块淡一块地涂抹在房间里的物件上，满地臭鞋子，一汪汪结着薄冰的水，还有从昏暗中发出的各式各样的鼾声。我知道我无法入睡了。

那天夜晚当笃笃的联系信号又响起时，一个念头在我心中闪烁：我是国支书派来监视方碧玉的人，监视方碧玉是村党支部书记交给我的任务，我没有必要躺在被窝里辗转反侧地想象他跟她幽会的情景，我完全可以心安理得地跟踪他们，像侦察员跟踪图谋不轨的敌特。我非但不卑鄙，而且很高尚。

我尾随着李志高，竟然没有发现方碧玉的踪影。他走到厕所那儿，在墙根处撒了一泡尿。难道是我胡猜乱想?难道是我神经过敏?正犹豫着,看见李志高一闪身消失在厕所与伙房之间那条幽暗的夹道里。我紧张起来,跟过去,我是高尚的不是卑鄙的。那夹道由围墙和伙房的房山构成,墙边有几株挑着秃枝的泡桐树,地上有一些被风卷过来的枯黄树叶和沾满杂草的棉絮,水银灯光照到这里已变得暗淡而微弱。我看他贴着围墙边缘,走到打包车间外边那一片山一样的棉花件附近,一闪又消逝了。跟踪监视他们是村党支部书记交给我的光荣任务,我是高尚的。我钻过去,左右都是长方形的棉件,两垛棉件之间有一条幽深的小巷。从这里出去,是一堆破旧的机器,秋天时我曾看到这些机器上红锈斑斑,很高的杂草在机器缝里生长着,那是秋天,现在它们干枯着。越过机器,便是棉花加工厂的露天仓库了,数十个长约五十米、宽约三十米、高约二十米的棉花大垛整齐地排列着,在夜色中巍巍峨峨,如同沉睡着的巨兽,如同停泊在港湾里的巨轮。穿过几条浅浅的垛沟,我看到一个轻俏的人影从垛后闪出来,果然是方碧玉。我的心痛苦地痉挛着。我突然感到这两个人十分严重地伤害了我的感情,我像一个十足的傻瓜被他们耍弄了。他们低声嘀咕了几句,手拉着手,机警地四下望望,然后飞快地向紧靠着围墙的那个一级棉花大垛溜去。我尾随着他们,没有半点羞愧。

棉油加工厂面积广大,这里距车间足有半里路。车间里机器的轰鸣声飘到这里时已变得舒缓如白云。打包楼上的水银灯使每个棉花大垛把自己的巨大暗影投射到另一个大垛上,垛与垛之间,像山涧般幽暗。

我当司磅员时,知道这个垛上的棉花洁白松软,绒长平均三十一毫米。垛前的白木牌上写着:29号。等级:131。存量:28万斤。

按理说应该首先加工一级棉花,后来听说这垛棉花是留着保种的。保种棉要等到所有棉花加工完毕后才能加工。这个大垛保留时间将是最长的,他们真狡猾啊。

紧靠着29号垛的30号垛只有半垛棉花,棉花等级与29号垛一样,也是保种棉。

30号垛没有封席,上边用两扇大篷布遮掩着。

他们携着手,穿过9号和8号垛之间的峡谷;跳过道路,进入19号垛和18号垛之间的幽暗通道;再一跳,进入29号垛与30号垛之间的幸福夹道。

我躲在18号垛的阴影里,看到水银灯的碧绿光芒把他们俩的脸照得像植物的绿叶,一股寒冷的腥气从我的记忆中挥发出来。他们俩相隔有一米远,脸对着脸。

似乎有一层绿色的磷火在方碧玉的脸上哔哔叭叭地燃烧着,爬行着,让我纤毫毕现地看着她的睫毛她的眼睛和她眼睛里那种绝望的光芒。我为她感到悲哀起来,好像我已看到了她的尸首。

他和她相持着,把阴暗影子重叠在一起。水银灯的光芒突然抖动起来。光芒抖动,如同信号,他和她扑在一起,同时扑向对方,分不清谁先谁后。我的眼泪奔涌而出,咸咸地流了一嘴。

他俩死去活来地拥抱着,痛苦的呻吟声从方碧玉的嘴里冒出来。还有李志高咻咻的喘息声。没有一句话。他们抖动着,喘息着。嘴唇相接的滋喷声像杂乱无章的音乐在29号棉花大垛的爱情峡谷里轰鸣,也在我心里轰鸣。这一阵生死搏斗般的亲吻拥抱持续了足有十分钟。后来,他们筋疲力尽地分开了。水银灯抖颤不止的光芒继续往他们身上挥洒着,从东南方向的棉花大垛上,传来一个男子凄凉、喑哑的歌唱声,与其说他在歌唱,不如说他在吼叫:

"收了工啊,吃罢了饭哪,老两口儿坐在床前……"

我知道歌唱者是我与李志高的同行——抬大篓子的弟兄们。想不到一个人的歌唱会如此洪亮,想不到凄凉冬夜里男人的歌唱会使人心灵如此感动,不管他歌唱的是什么词儿。

李志高和方碧玉怔了一下,随即又拥抱到一起。后来他们依偎着坐到30号垛的大篷布上。篷布上有一层亮晶晶的东西,是霜。后来他们解开了系在垛边铁环上固定篷布的绳子,解开了一根又一根,一共解开了六根。然后他们扯着篷布的一角,把篷布撩上去。在这个过程中,他们动作迅速、准确,不说一句话,好像两个夜间行窃的盗贼。十万斤一级棉花暴露出来,暴露在绿色的水银灯下,闪烁着模模糊糊的蓝幽幽的光辉。我嗅到了棉花苦涩的气息,感觉到了棉花垛里发散出来的潮乎乎的热气。我正要研究他们撩开篷布的意图时,两个人已经蹿到棉花上,对面跪下,急剧地把眼前的棉花挖起来,扬到身边去扬到身后去,在他们面前,很快出现了一个洞。他们的身体起伏着,胳膊晃动着,像两只挖掘巢穴的绿狐狸。扬起的棉花如一团团蓝色的朦胧火苗,冲激着水银灯抖动的光线,一团一团,又一团,他们移到洞里去了,只有那些从洞中飞出的蓝色的棉花,表示着他们还在为营造爱巢继续劳作。

棉花不再从洞中飞起了。他们站在洞里,露出肩膀之上的身体,一个面朝东,一个面朝西,各自把适才挖出来的棉花往洞里扒。我明白了他们的意图,他们要用棉花把自己盖起来。

现在，棉花垛上，只露着两个头颅。两个头颅那么紧密地挤在一起，时而亲嘴，时而喁喁低语。后来我想，如果他们把白色的工作帽戴在头上，遮住绿油油的头发，哪怕人走到垛边，也不会发现他们。我还想，如果猛然地看蓝汪汪的白棉花上突兀地冒出两颗燃烧着磷火的头颅，这头颅还说话、眨眼、亲嘴，那将是一幅多么恐怖的情景。

虽然我亲眼目睹了他们用棉花掩埋自己的过程，但当他们只余下头颅在棉花上转动时，还是有一阵彻骨的寒意迅速地流遍了我的全身。他们是人还是鬼？我自小就怕鬼，尽管科学告诉我世界上并没有鬼，但我还是怕鬼，怕到见了坟墓和松树就头皮发麻的程度。

一只绿油油的野猫在围墙上油滑地流动着，它发出阴风习习的嗥叫声，那两只眼绿得格外强烈，像电焊的火花。

这时我听到棉花垛上那颗女人头颅哭叫了一声：

"李大哥……我豁出去了……"

这颗头颅扑到那颗头颅上，在吧吧唧唧的啮咬声中，棉花在头颅下翻腾起来，蓝幽幽的白棉花像冲到礁石上的海水，翻卷着白色与蓝色混杂的浪花，两颗头在浪花里时隐时现,后来两个身体也浮起来在浪花中时隐时现,好像海水中的两条大鱼。他们的动作由慢到快,我的耳畔回响着哗啦啦的声响,当方碧玉发出一声哀鸣之后,浪潮声消失了,浪花平息了。他们的身体淹没在棉花里,只余两只头颅,后来竟连这两只头颅也沉没在棉花的海洋里……

第二十二章

腊月初八,厂里上午放假,下午开大会。支部书记念了一篇《人民日报》社论,纵谈了国际国内形势,总结了厂里生产情况,表扬了一些人,批评了一些人。接下来厂长讲话,厂长说春节就要到了,大家要鼓干劲、争上游,创生产新纪录。厂长说眼下正加工的这批棉花是准备支援阿尔巴尼亚兄弟们的,他们是欧洲的唯一一盏社会主义明灯,如果这盏明灯熄灭了,欧洲就会一团漆黑。虽然他讲的话令人生疑,但很生动很活泼,我们都爱听。厂长说这批棉花很重要,一丁点儿也不能马虎,为什么要停产开会呢?就是为了提高同志们的思想认识,用最大的努力,把这批棉花加工好。这也是国家交给我们的严肃的政治任务,厂长说,为了减少棉花里的杂质，特意安装了清花机。厂长还说：

"同志们，今天是传统节日，腊月初八，为了鼓干劲，掀高潮，厂里决定，今晚上免费供应一顿腊八粥，大家放开肚皮喝，一文钱也不收，一两粮票也不要！"

我们齐声欢呼。

独臂的生活会计"泰山"说，为熬这顿腊八粥，食堂准备了大米一百斤，小米五十斤，绿豆三十斤，豇豆三十斤，豌豆三十斤，黄豆十斤，花生米三十斤，大枣二十斤，总共八样三百斤，加水十桶，用那口炼油大锅熬，保证人人喝足。

第二十三章

傍晚时分，棉花加工厂里漾开了腊八粥的香气。我们围在那口大锅旁，拿着搪瓷碗、盆，用勺子敲打着边沿，焦急地等待着这顿不花钱的晚餐。美男子江大田穿着工作服，操着大铲子，搅拌着锅里愈来愈黏稠的粥，馋急了的人说江大田甭搅和了，凑合着喝吧，再熬就糊了锅底了。江说急什么急什么心急喝不得热黏粥。那天晚上没有风，不甚冷，为了热闹红火，电工在锅旁拉上了几个大灯泡，照得周围一片雪白。香气愈来愈浓，锅里的白蒸气滚滚上升。"铁锤子"端着一个脸盆,双眼放凶光,像一个要动手打劫的强盗。又熬了一会,江大田对支部书记和厂长说行了,可以喝了。人群嗷的一声怪叫,拥了上去,支部书记说不要挤不要抢人人有份,管饱管够。但大家还是往前挤。保卫组长孙禾斗大喊:

"再挤就开枪了!"

没人理睬他的恫吓,大家都知道抢粥喝不犯法,更犯不了死罪。厂长说:

"我来掌勺,一个个来,挤什么,发扬点风格好不好?"

谁也不听他的,都去抢勺子,一边挤一边笑一边吵一边叫,像一群蚂蚁一窝蜂。厂长差点被挤到锅里去。有人骂"铁锤子"你他妈的怎么把盆伸到锅里去了,你又洗屁股又洗脚,盆上的灰二寸厚,就这么脏乎乎地伸到锅里别人还喝不喝了。"铁锤子"已经得逞,端着脸盆往外挤:

"烫着!烫着!我长眼盆不长眼,烫着谁我不管。"

"操你妈!'铁锤子'烫坏我了!"

"哎哟娘!哎哟爹也不行。"

"铁锤子"端着半盆粥出来,一抬头正碰上支部书记愤怒的目光。"铁锤子"有些窘。支部书记说:

"老郭你几辈子没吃过饭了?正式工觉悟怎么这么差,还不如个临时工。"

李志高和方碧玉没有挤,端着碗在外边耐心等待。"铁锤子"尴尬地站着,一副受难的样子。抢到粥的开始喝,烫嘴,呼呼地吹,转着碗边喝,谁都怕喝慢了。江大田给方碧玉盛了小半碗,说盛得少喝得快,因为越少凉得越快。这真是一个令人激动的大场面,很多平日里拿拿捏捏的姑娘这时都拼了老命,都烫得嘴里没了黏膜,都喝着碗里的瞅着锅里的。喝喝喝,快喝快喝,喝慢了就被别人喝光了。锅里的稀粥依然沸腾,炉灶里大劈柴燃烧,火光熊熊,香气扑鼻。我们喝得紧张喝得高兴。九点钟,喝粥进入尾声,男的和女的,肚子都大了,像蜘蛛像葫芦,行动不便,肚子里的粥呃呃地溢上来,胀得昏头涨脑。厂长高声说:

"同志们,喝饱了没有?饱了就好。好好干活,白班的睡觉去,夜班的准备准备,今夜要创新纪录。"

第二天有人发现许莲花碑前供了一碗腊八粥。

第二十四章

喝完腊八粥。我感到眼皮沉重,爬上铺就睡。恍恍惚惚中听到那幽会的暗号又笃笃地响起，但我实在是没力气去跟踪了。蓝幽幽的棉花在我脑海里翻腾着，在我的梦里翻腾着，李志高和方碧玉的头颅像两颗绿油油的西瓜，在棉花上漂浮着。

"起……起床……该……该换班了……"冯结巴又用大枪捣门了。

我努力睁开眼睛，搓掉眼睫毛上的眵目糊，穿好衣服，上中下三层铺上都有人在穿衣服，床铺嘎嘎吱吱地响着。

"李大哥，李大哥！"我喊叫着，但上铺上没人应声。

我爬到上铺一看，李志高的被子卷着。

我心中泛起一种说不清的味道，一个人往7号垛走去。我知道李志高和方碧玉又到30号垛上钻洞去了。

我们同班抬大篓的伙伴王强和刘金果已经到了。刘金果在垛沟里响亮地撒尿，王强爬到垛上去往下蹬棉花。

"老李怎么还没来？"王强在垛上问我，我没有吱声，他蹬着棉花说，"他不来就不热闹了。"

135柴油机轰鸣起来，随即车间里几十台轧花机也咔嗒咔嗒地运转起来。王强和刘金果抬着一篓子棉花颠颠地朝车间跑去,一边跑一边唱。我和李志高创造的"歌唱工作法"已在我们这些抬大篓子的伙伴里推广了。

半个小时后,李志高还没来。

车间主任郭麻子来了,一见就我骂:

"马成功,狗日的,你们想闹罢工是不是?"

我没有吱声。他问道:

"李志高这个狗日的呢?"

我说不知道。

郭麻子气得跺着脚骂:

"狗日的,哪里去啦?狗日的方碧玉也不见了,让老子替她当了半天班!"

初八的月亮惨淡地挂在西南方向,颜色苍白。

郭麻子喊叫:

"王强、刘金果,你们俩先往北半边抬几篓子!"

王强嘟嘟哝哝,刘金果哑着嗓子问:

"凭什么让我们替他们抬!"

郭麻子说:"再不抬轧花机就要空转了,抬吧,把他们俩的工资扣了,给你们俩补上,快抬!马成功,你给我快把李志高和方碧玉这两条浪狗找回来!"

我大声说:"我到哪里去找?"

郭麻子蛮不讲理地说：

"我不管你到哪里去找，反正我要你去把他俩找回来！"

正吵嚷着，李志高从垛后边蹿了出来，边跑边喊着：

"来啦来啦！"

郭麻子骂道："我操你姨李志高，你耍大嫚不要紧，可别误了我的活呀！"

李志高说："我……我……"

郭麻子说："少啰唆少啰唆，快抬棉花，赶明儿再跟你个兔崽子算账！"

李志高对我说："对不起你老弟，我来晚了！"

他四肢并用往棉花垛上爬去，爬到半腰哧溜一下滑下来，很狼狈地跌了个屁股蹲儿，讪讪地骂了一句：

"他妈的！"

转身又往垛上爬。这次总算爬上去了。

我一声不吭，发着狠往篓子里抱棉花。杠子一上肩，就感到非常别扭。往常杠子一上肩，我们的嘴巴就自动张开，各种油腔滑调便源源不断地流出。今天夜里我们没了歌唱的兴致。今天夜里，杠子上肩，嘴巴张开，喘气不迭，步伐凌乱，双腿拌蒜。往常我们一溜小跑，配合默契，两个人好像一个人。今天我们你扯我拉，东倒西歪。进了车间，扑通扔下篓子，满肚子没好气。抽掉杠子，刚要扳倒篓子，郭麻子喊：

"他妈的，匀开点倒！"

女工们身后已经空空荡荡，我们已经造成了生产损失。

方碧玉已站在她的位置上，今天我不想多看她。

郭麻子跟着我们的篓子跑，追着我们的屁股骂，也没法使我们加快搬运棉花的速度。今夜我们唱不出来了。我们忙得团团转，我们越抬越别扭，王强和刘金果在郭麻子的逼迫下，支援了我们五大篓子棉花，解救了一下燃眉之急。过去的陈旧幻觉今晚又栩栩如生了：几十台皮辊压花机，像一排张着大嘴的怪兽，想把我们吞食进去，使我们的骨头和皮肉分离。

杠子又上肩，别别扭扭往前摇，忽觉背后猛一沉，腰杆子嘎巴了一声。回头看到，李志高软在地上，满脸透明的汗珠。

他可怜巴巴地说：

"兄弟，我一丝力气也没有了。"

车间哨响，二十四点，女工们拥出来，到食堂喝粥。李志高沉重地倒在垛下松软的棉花上，闭着眼睛，连呼吸声都没有，满脸冷汗，像具僵尸。我也感到空前的疲倦，受挫的脊椎隐隐作痛，一头栽到棉花上，闭上眼，眼前绿油油，那棉花翻卷犹如蓝色浪潮的景象，又在我脑海里浮现出来。

我感到棉花里包含着的蓝色汗液和天上降下来的蓝色冰霜正缓缓地滋入我的体内，损害着我的健康，我清楚地知道应该跳起来，活动活动筋骨，最好到食堂里去喝上碗玉米糊糊，用柴油机排出的热水洗把脸，咬牙，瞪眼，干完后半夜六小时，然后钻到被窝里，一觉睡到天黑。但我的身体动不了，我的所有的想法都凝聚在大脑深处那一点空间里，好像凝聚在一大块岩石中的一个透明的气泡。我知道这个气泡一旦破裂，我就会永远地睡去。我听到自己的鼻腔和喉咙里发出呼噜呼噜的鼾声，我的肉体已经沉沉入睡。

车间里哨子响，柴油机又轰鸣起来，这些声音似乎真实似乎虚幻，很远很远很远……很细很细很细……郭麻子死劲儿踢着我，也不会不踢李志高。头脑深处那一点光明渐渐地扩大，驱赶着沉重驱赶着黑暗驱赶着寒冷。我睁开眼，看到团团簇簇蓝色的棉花在寒星下闪烁着耀眼的光芒。

我终于爬了起来，李志高也爬了起来。

郭麻子的怒骂把树上夜宿的麻雀都惊动了,它们扑棱棱飞起,像几块黑石头,滑到棉花加工厂外那广大的黑暗中去了。

郭麻子监督着我们,甚至动手帮我们往篓子里装棉花,感动得我够呛。

杠子一上肩,我的腰椎一阵奇痛。我肩膀一歪,杠子滑下,刚刚离地的大篓子又沉重地落在地上,李志高像一堆肉,软在篓子后。

"他娘的,这是咋弄的?"郭麻子说,"昨夜还是一对生龙活虎,今夜就成了屎包软蛋?睡大嫚了?闯老婆门子了?搞破鞋了?他娘的,你们还干不干了?"

李志高哭丧着脸,棉花的蓝色光芒辉映着他脸上的粒粒冷汗。他说:

"郭主任……我们俩……犯了乏……"

"我不管你怎么着,反正你们俩用头拱也得把棉花给我拱到车间里去!"郭麻子风风火火地跑回了车间。

李志高低声说:"马成功,好兄弟,我和她的事无论瞒得了谁也瞒不了你。我知道你喜欢她,我跟她好了,你心里不痛快。咱兄弟俩情同手足,不要为个女人伤害了感情,天下好女人多如细沙,待几年等你长大了,大哥我保证帮你找个胜过方碧玉五十倍的姑娘给你做媳妇!"

他这一席话说得我心里暖融融的,满肚皮的怨恨顿时消解,我说:

"李大哥,只有你才配方碧玉,我不配。"

"别说傻话了,咱死了也要把这台戏唱下去,惹急了郭麻子,我跟方碧玉都要倒霉。"他羞愧地说,"你担待点,我跟她闹那事闹得凶了,腿酸胳膊疼……"

他把隐秘告诉了我,不但没激起我的嫉妒,反而使我心情舒畅,我说:

"李大哥,装篓的活我包了,你只管抬就行!"

"一块干。"他说。

我把腰带煞进去两扣,往手里啐口唾沫,伸开胳膊,如狼似虎,扑向那些一团团、一摊摊、仿佛由无数只蓝幽幽的眼睛积聚成的棉花群体。它们像海绵像橡胶像盘蛇像浮游在海洋中的海蜇皮,我搂抱住它们时,全身腻起了一层鸡皮疙瘩,眼前一片绿,喉咙里味道腥甜,但我咬牙发狠搂抱它们,在一个瞬间里,我觉得搂抱棉花的感觉也就是搂抱方碧玉的感觉……

抬着它们向车间奔跑,像抬着一篓阴冷的蓝蛇,它们在篓里鸣叫着,纠缠着,令我脊背阴凉,为了逃避它们,我必须快跑。

对棉花的厌恶和恐怖恶性地提高了我们的工作效率，为了躲避它们，我必须用最快、最狠、最准的动作把它们搂抱起来，把它们投进竹篓。在车间里，踩着它们我感到它们在蠕动，这感觉逼着我快跑，大步快跑，让脚板尽快踩到坚实的土地。为了甩开，必须接触；为了逃避，必须进入。这个夜晚是蓝幽幽的夜晚，是我与这可怕的棉花生死搏斗的夜晚，我没有疲倦，没有痛楚，只有阴冷、粘腻、蠕动的逼迫与追击和我的反击与进逼。

凌晨四时，那些蓝色的、唧唧嗞嗞的东西已经在女工们身左身右成为峻岭，紧靠墙壁外有一线路。最后一篓子抬进来时已无法行走，我们拖着它们沉重粘腻，脚踩着它们沉重粘腻，腿陷在它们里的沉重粘腻，最后在顶峰上把它们倒出来，依然沉重粘腻。

看一眼陷在沉重粘腻中的姑娘们：蓝幽幽的光芒中，她们帽子蓝幽幽，口罩蓝幽幽，看不到她们脸上的表情，只能看到她们金黄色的神秘眼睛、粉红色的怪异耳朵，和那些像鲜红菊花瓣儿一样点点划划频繁舞动着的手指……我忽然觉得，这些女人已经和棉花融为一体，她们的头颅是棉花的头颅，她们的肢体是橡胶是海绵是盘蛇是淤泥是浮游在海洋里的海蜇皮……

这时，在我们身后响起郭麻子的胜过嘉奖的大骂：

"你们这两个王八羔子,想把我埋在棉花里憋死吗?"

第二十五章

早就留了心的孙禾斗和"铁锤子"终于把李志高和方碧玉从棉花垛里抓出来了。抓贼拿赃,抓奸拿双,方碧玉和李志高只穿着小衣裳站在办公室里发抖。孙禾斗端着那杆老掉了牙的破大枪,时而指着方,时而指着李,指方的机会比指李的机会多。他的两只眼珠子像耗子一样往方碧玉身上乱钻。孙说:

"看你们还跑!狐狸再狡猾也斗不过好猎手啊!"

"铁锤子"大喊大叫:"书记呢?厂长呢?快来看看你们培养的模范人物!"

又跑到男女宿舍门口大声吼:

"来呀,看禽腚的啦,白看不要钱。"

当时正是晚上十点多钟,我正在床铺上似睡非睡,李、方敲墙相约而出我知道,所以"铁锤子"一吼我就知道他们的事发了。宿舍里炸了营,都想看热闹看稀罕,便提着裤子趿拉着鞋蹿出来,围在办公室门口。说什么的都有。孙红花等几个干部女儿,骂方碧玉破鞋,

骂李志高流氓。李志高垂着头,方碧玉却渐渐昂起头。"铁锤子"抱着李、方的裤子,得意扬扬地对人们宣讲:

"我早就看出这两个家伙眉来眼去的不地道。我和孙禾斗跟踪了好久,滑得像泥鳅一样,三转两转就没了影。这两个家伙,打起地道战来了,在30号垛那儿挖了一个秘密地道,一直钻到垛中间里去,暖暖和和的,真会找地方。"

这时候,正在小伙房里喝酒的书记和厂长闻讯起来,都跑得气喘吁吁。一见屋里情景,俩人都愣了。"铁锤子"把怀里抱的衣裳往地上一扔,恶狠狠地说:

"二位领导,看看吧!"

厂长一拍桌子,说:

"胡闹!"

也不知他是说"铁锤子"和孙禾斗胡闹,还是说李志高和方碧玉胡闹。

支部书记对门外的人说:

"看什么看什么?有什么好看的?都回去!回去!"

支部书记关上门,说:

"穿上衣服穿上衣服。"

我们都趴在窗上看。李志高匆匆忙忙穿上衣服。方碧玉不紧不慢地穿上衣服。穿完了衣服还对着人笑。

"你还有脸笑!你们干这种事,对得起爹娘吗?"厂长拍着桌子说。

"我豁出去了。"方碧玉说。

"电流"在窗外说:

"听听,真不要脸!"

支书拉开门,十分生气地说:

"回去,都回去!"

往宿舍里走。我感到很难过,很压抑,心中莫名地产生了对"电流"的仇恨,趁着黑暗,摸起一块半头砖,掷到她的腰上。

"电流"哇啦一声叫,紧接着哭,但没人理睬她。

第二十六章

当夜里,李志高和方碧玉没有上班,方碧玉的位置找了一个女工顶替。我跟李志高的大篓子由另外两个男工抬。我被分配到清花机上。这活儿很累,很脏,要用铁叉子把棉花拨到清花机里。所谓清花机,实际上就是一个大铁皮壳里装上一只缀满手指那么粗、筷子那么长的铁齿大滚筒,用一台功率很大的电动机拉着,一转起来轰隆隆响,像威力巨大的坦克车。我对这玩意有点发怵，生怕一不小心被卷进去，吐出来就是一堆杂碎。

挑着抱着拨着这些蓝色的精怪棉花，我挂念着李志高与方碧玉。我的心情挺复杂的，因为我从心里喜欢方碧玉。他们俩的头颅漂浮在棉花中的情景不断地出现在我眼前。我恨透了"铁锤子"这个王八蛋。

厂里会不会把李志高和方碧玉开除呢？

第二十七章

厂里没开除方碧玉，也没开除李志高，只是给他们调换了工作。李调到维修车间红炉组抡大锤打铁，方调到食堂里烧火、挑水。大家都说他们因祸得福，因为这两件差事都比他们原先的活儿轻松，而且不用上夜班。

据说支部书记把孙禾斗和"铁锤子"骂了一顿，骂他们不懂政策。

"铁锤子"眨巴着眼骂：

"他娘的，厂里保护破鞋流氓，这是谁的天下？"

第二十八章

中午开饭时，我们村支部书记和他儿子国忠良带着

几位精壮的民兵,拿着棍子、绳子闯了进来。国支书站在伙房外边,双手叉着腰,气势汹汹地说:

"去,把那个骚狐狸揪出来!"

国忠良满脸赤红,喃喃着:

"爹……算了吧……"

"窝囊废!要你有什么用?"国支书骂道。

"你们去!"国支书命令民兵。

民兵们面有难色,互相看着。

国支书很生气地说:

"看什么?去呀,出了事我兜着!"

临时工有不言语的,有靠边看热闹的,"电流"她们欢欣鼓舞。我缩在人堆里不敢伸头。

几个民兵拿着棍子要往伙房里闯。

美男子江大田挺着胸脯站在门口,大声说:

"你们想干什么?还有没有王法了?"

"你是谁?我找我的儿媳妇,你管得着吗?"国支书靠上来,蛮横地说,然后又对民兵们下令,"进去,抓她出来!"

江大田亮出两把菜刀,一手攥一把,堵在门口,说:

"我看看你们哪个敢进?!"

国支书说:"给我先把这个小子拿下!"

几个民兵提个棍子凑上去。

厂支部书记来了,说:

"光天化日,闹起土匪来了!"

国支书说:"你放屁!"

厂支部书记说:"原来是你?这里是国家的工厂,不是你的一亩三分地,把你那些威风找块棉花絮包包搁起来!"

国支书说:"什么国家工厂,是妓女院!"

厂支部书记说:"滚!你再闹我就给县里打电话。"

国支书说:"你把我吓出一舌头汗水!先把这个老混蛋抓起来!"

孙禾斗领着几个警卫提着大枪跑来。跑来,站定,他拉着枪栓,吼:

"谁敢动俺书记一根汗毛,就打他个透气窟窿!"

方碧玉从江大田身后挤出来,说:

"我一人做事一人当,走吧!"

有人说:"方碧玉会武术!打他个四仰八叉!"

国支书冷冷地说:"你干的好事!"

方碧玉说:"是干了!"

国忠良说:"碧玉,你跟我回去吧,咱成亲,过日子。"

方碧玉说:"你晚了,我已经和别人困了觉了。"

国忠良呜呜地哭起来,哭着用拳头捶自己的头。

国支书骂道:"窝囊废!打,打死她,爹再给你找个好的!"

国忠良说:"爹,她……我不打……"

国支书说:"你不是我的种,早知你这么窝囊,还不如一生下来时放尿罐里淹死你……"

方碧玉说:"国忠良,你打吧!"

她把头伸到他的面前。

国忠良捂着头蹲下,哭得像个小孩子一样。

国支书从民兵手里夺过一条棍子,一棍打到方碧玉的腰上。她一声没吭,摇摇晃晃地跌倒了。

国支书扔下棍气咻咻走了。

国忠良也被民兵拖走了。

好多人说这个大个子男人真窝囊。

江大田把方碧玉扶起来。

江大田喊:"李志高!李志高到哪里去了?"

第二十九章

我去找李志高。

他坐在18号垛旁的一捆苇席上抱着头哭,孙红花站在旁边,轻言曼语地劝他。她手里捏着一方小手绢,双眼红红的,好像也哭过了。

我说:"李志高,你怎么躲起来了?方碧玉被他公公打倒了。"

孙红花瞪着眼对我说:

"你吵嚷什么?没看到他在哭吗?"

我骂道:"操你们的娘,哭什么,他又没挨打!"

"他心里比挨打还难过。"孙红花说着,掏出一条花手绢给李志高擦眼泪。李志高拨开孙红花的手,响亮地擤了擤鼻涕,问我:"兄弟,方碧玉怎样了?"

我说:"你还好意思问!她的腰被国家良打断了!"

李志高猛地站起来,脸色灰白,眼睛直直的像个痴人一样。呆了一会,泪水从他的眼里沁出来,他用手啪啪地抽着自己的脸,说:

"我混蛋呀我混蛋呀!"

孙红花搂住他的胳膊,哭着劝:

"别打了呀,别糟蹋自己!"

他推开孙红花,大声嘶叫着:

"别拦我!别拦我!我好汉做事好汉当!我要去找国忠良,替方碧玉报仇!"

孙红花扑上去抱着他的胳膊,鼻涕一把泪一把地说:

"不能啊你不能去……他们一群人,拿着绳子拿着棍……你一个秀才,怎么能打过他们……"

李志高头发凌乱,遮住了额头,发疯一样地晃动着身体,却怎么也挣脱不了孙红花的羁绊,拖拖拉拉来到井边。刚看完一场热闹的临时工们,听到动静,又蜂拥到这边来看热闹。

李志高更来了劲,不但肩摇脚踢,甚至张嘴去咬孙红花的手。孙红花大叫着:

"你咬吧,狠心的,你咬吧,咬死我我也不会松手……"

江大田用冰凉的刀背拍了拍孙红花的头,冷冷地说:

"小姐,松手吧,让他去,他应该去。"

孙红花被那冰凉一压,脖子一搐,胳膊松开。李志高呆呆立着,像只斗败的公鸡,说:

"我李志高其实配不上方碧玉。方碧玉,我死了后,你该嫁谁就嫁谁去吧!"

说完后跑上井台,像宣誓一样说:

"爹呀,娘呀,我可是再也见不到你们了!"

江大田一把扯住他,说:

"伙计,你别糟蹋我了,你跳下去,我们捞上你来,你没事了，我可来事了，淘井！想死还不容易，跳楼、摸电、拿菜刀抹脖子，千万别跳井，全厂几百口子人，还要吃这井里的水呢。"

孙红花无畏地抱住李志高，说：

"你跳井我跟着，反正我也是你的人了！"

孙红花这最后的表白把我打懵了。

第三十章

李志高和孙红花双双调走了。李调到公社通讯报道组，孙调到公社妇联。

这一天方碧玉躲在她的三层铺上放声大哭，还用拳头不停地捶打墙壁。

我把自己的铺盖搬到李志高腾出来、原本属于我的铺位上。看着墙壁上那些李志高留下的痕迹，听着方碧玉嘶哑的哭叫，我的泪水一串串流到嘴里。

我敲着墙壁酸涩地说：

"碧玉姐，别哭了……你别哭了……"

我的叔叔在铺下喊我，叫着我的乳名。我擦擦眼泪，从铺上爬下来。一下铺没能站定，当着众多临时工的面叔叔扇了我一个耳光。

"为什么打我?"我怒吼着。

"你给方碧玉和李志高通风传信拉皮条,国支书已经把咱家的成分由中农改成上中农了!"叔叔气愤地说。

我一句话也说不出来,静静地又挨了叔叔一记耳光,朦胧着泪眼,看着叔叔顺着墙像小鼠一样溜走了。

第三十一章

方碧玉哭了一天。第二天大家又看到她一趟一趟地去井台挑水。我瞅了个机会跟她说:

"碧玉姐,想开点吧,李志高这种人,早晚要倒霉。"

她笑着说:"别咒他。"

过了腊八,眼见就是春节。厂里已放出口话,说腊月二十九放假,并说要辞退一批临时工。我想我和方碧玉都在辞退之列。我回去就回去,方碧玉回去后日子怎么过?我带着我的担心问她,她说:

"别犯愁,只要想活就会有办法。"

第三十二章

腊月二十一傍晚,阴云密布,刮过一阵料峭的小西北风后,稀疏的大雪花轻飘飘地落下来。

吃晚饭时,我与方碧玉在食堂墙角相遇,她轻轻地对我说:

"晚饭后到30号垛等我,我有话跟你说。"

我的眼前一片蓝光闪耀。

我寻找了几百条理由,证明我必须到30号垛去等方碧玉。我胆战心惊地沿着隐蔽路线到达了爱情峡谷,抬头看到蓝色的美丽雪花在水银灯的绿色光芒里飞舞,爱情的味道扑进我的鼻子与口腔。

我看到那扇大篷布又把棉花遮住了,他们的爱情巢穴已被孙禾斗和"铁锤子"彻底捣毁了吧?这时篷布的一角翘起,从底下伸出一个碧绿的头颅,头颅上沾着两絮蓝棉花,头颅上生着金色的眼睛,粉红的耳朵,紫色的嘴唇,是方碧玉的头颅!她吓了我一跳。

"快钻进来!"她焦急地对我说。

我四周望着,犹豫不决。

她说:"如果你害怕就回去吧。"

"不不不,我不害怕。"我表白着,从她的身体支撑起的空隙里,像条小狗一样钻了进去。

她在后边把篷布放下,绿色的光芒消失了,眼前一片漆黑。她越过我的身体,轻轻地说:

"跟着我爬。"

她伸出一只冰凉的手摸了摸我的手。

原来我以为篷布会死死地压在我们身上,现在才发现,篷布是悬着的,她在棉花垛上挖出了一条交通壕。

我跟着她向前爬,漆黑一团,什么也看不见,靠鼻子嗅着她的味儿跟着她。交通壕直通到棉花垛的腹心,我估摸着有七八米长,她在黑暗中说:

"到了。"

我摸索着感觉到这是个两米见方的大坑,抬起胳膊,戳到了篷布。

她说:"坐下吧。"

我顺从地坐下来,心脏突突地跳动。

有两根钢笔杆粗细的绿色光线透下来,我知道这是篷布上的两个窟窿,这窟窿既是光明的通道又是空气的通道。

眼睛逐渐适应了黑暗,我看到四周的棉花放射着白森森的光芒,看到了方碧玉那张俏脸的大概轮廓。我听到了她的呼吸，嗅到了她身上那股有点酸、有点咸，还有点香的混合气味。我从初懂人事起就迷恋着的方碧玉就坐在离我不到三十厘米的地方，伸手即可触摸，但是我不敢触摸。我感到冷，上下牙打战，响声很大。她不吱声，她在想什么？我结巴着问：

"碧玉……姐……你叫我来干什么……"

她叹息一声，用响亮的声音说：

"我在这个地方跟他睡了九次！"

她的声音碰到棉花上，立即被它们吸收了。在这九次欢爱当中，它们吸收了他们多少声音，多少气味，多少眼泪？

"在这里，我用棉花……我到底还是用棉花擦了血！"

棉花吸收了她的处女血。

女人的秘密向我彻底敞开了。

我十八岁了。

她突然大声哭泣起来。我伸手寻找她的手，找到了一只，攥住了，我说：

"碧玉姐，别难受，李志高这个王八蛋丧了良心，等他和那饼子脸孙红花生个孩子没屁眼！"

她抓起一把棉花塞到嘴里去，又冷又腻扯不断撕不烂的怪物堵住了她的嘴,它们贪婪地吸收着她的唾液、她的哭泣,它们把自己又苦又腥的味道释放在她的嘴里,我的嘴里又苦又腥。

她的哽咽之声让我心痛。她的颤动的身体让我愤怒。我用最恶毒的语言咒骂着李志高,她吐出棉花,说:

"求求你,别骂他了。"

"你还向着他?你还忘不了他?"

"是忘不了他。"

那两道抖动的绿光已经把这个爱情巢穴通通照得蓝幽幽了。我听到头上的篷布索索细响,是雪花打击它的声音,是雪花的声音也是篷布的声音。

"你很早就想着我,是不是?"她幽幽地问我。

"是。"我坦率地说,"从我懂了男女的事时就迷你,疯你,想你……我……爱你……碧玉姐。"

"可惜我已是破鞋了。"她幽幽地说。

"我不嫌你。"

"你迟早会嫌我的。"她说,"男人都一样。"

"我跟李志高不一样。"

"现在还不一样。"

"将来也不一样。"

她凄凄地一笑,说:

"你想了我这么多年，怪不容易的，今晚上我就如了你的愿吧。"

我浑身打起哆嗦来。

"你害怕了？"

"我……我……不怕……"

"你不怕国忠良？"

"不……不怕！"

"其实你也用不着怕，"她说，"今晚上的事只要你自己不说，就只有鬼知道了。"

"我不说。"

"说了也不要紧。"她说着，把上衣的扣子解开了。

"你也脱了吧！"她搂过我的头，在我的嘴上亲了一下。我觉得有一股刺骨的寒气猛地流遍我的全身，首先渗入我的骨髓，然后渗入我的大脑。

蓝色的光布满她的全身。

她的声音蔫蔫的，像一簇簇忽明忽灭的小火苗。

"你怎么还不脱？"

她用金黄的眼睛盯着我，她的蓝色的牙齿像透明的水晶，嘴巴里一片紫罗兰。她跪着，那双我在清晨给棉花喷药时就云里雾里看见过的耀武扬威的乳房挺着，像两只咻咻喘息的小兽。她伸出鲜红的手指,解开了我的衣服,脱光了我的衣服。

她把我抱在怀里时,我周身僵硬,又一次像极度疲劳后一样,脑子里只有一点光明。我觉得我沉入一个冰窖之中,四周堆满蓝色的、蠕动的、吸收一切的、冰冷腻人的棉花。先是她与这种怪异的棉花融为一体,后是我与她融为一体,与她融为一体也就与棉花融为一体……

她按着我的心口,悲哀地说:

"兄弟,你太小了,我对不起你……"

第三十三章

冯结巴把我们吼起来,让我们准备接班。我穿上衣服,走到门口,正碰上方碧玉。她穿着工作服,戴着大口罩,只露着两只眼。

她说:"兄弟,回去睡个好觉吧,姐姐替你一个班。"

我说:"不用不用,你忙了一天,够累了。"

她说:"明日上午,你替我回趟家,要过年啦,捎点东西给俺爹。"

我说:"那也不用。"

她推我一把,说:

"你跟我还客气什么!"

我还要争执,她已经往车间走去。

后半夜里,朦胧中听到吵嚷声,我爬起来,听到有人大声喊:

"出事了出事了,方碧玉让清花机给搅碎了!"

我的头嗡的一声大了。

清花机旁血肉模糊,一群人围着一丝不挂、周身窟窿、脑袋像烂冬瓜一样的方碧玉。所有的人都不说话,浑身哆嗦着,宛如狂风暴雨中绿油油的树叶。远处传来雄鸡的喔喔啼声,天就要亮了。

第三十四章

大年夜里,正在门口值班的孙禾斗看到一个白色的影子远远地飘来,他厉声问:

"谁?站住,再不站住就开枪了。"

那影子嘻嘻地笑着逼过来。孙禾斗感到有一股凉气突然包围上来,使他手不能动,口不能言,借着那盏水银灯碧绿的光芒,他看到来者周身粘满白棉花,满脸鲜血,不是别人,正是方碧玉!孙禾斗双腿一罗圈,跌坐在地上,屎尿一裤裆。

同一夜里,喝得醉眼蒙眬的"铁锤子"出外撒尿,突然感到有一只冰凉的手叉住了他的脖颈,他硬着舌头说:

"别,别闹!"

这时他的脑后响起凄厉的笑声,他一回头,看到了方碧玉沾满鲜血的脸。

事发之后,在棉花加工厂过年值班的人,都回忆起仿佛听到过车间里有女人凄厉的哭嚎声。

尾　　声

我仿佛从极高处跌落下来,落在一个棉花的海洋里。我的身体四周无数棉花像洁白的雪浪花一样,缓慢地飞腾起来,又缓慢地跌落下去。飞腾和跌落都静悄悄的。无数瓣棉絮像漫天大雪飘飘而落,渐渐地埋没了我的身体,刚开始我还能从棉花的缝隙里看到天上的太阳,南飞的雁阵,后来只余下苍白。我想我已经被棉花埋葬了。我为自己的葬礼哭泣,泪水沿着两腮流下。一个人清醒地看到自己的葬礼是很幸福的事情,尤其是当你看到心爱的人儿为你的死亡而哭泣的时候。方碧玉在为我哭泣,她的眼睫毛上挑着晶莹的露珠。她身着一袭轻纱,飘飘欲仙,真是亭亭如玉立,款款如柳烟。她手抓着棉花,一瓣瓣往我脸上洒。马兄弟,安息吧!我在棉花里哭泣……下雨啦下雨啦!有人在我脸旁喊叫。我奋力从棉花梦里挣扎出来,感到有一些热乎乎臊烘烘的液体滴到脸上。抬眼上望,头上的席缝正往下渗水,原来是上铺的人尿了床。遭殃的四五个人齐声骂起来,上铺的人一声不吭,好像死了一样。天亮后才知道尿床的人是打包车间的杨贵,一个极其健壮的大汉。听他村里人讲,杨贵这样一条车轴汉子,竟讨了个身高不足一米的侏儒为妻,否则只有打光棍。我看过杨贵发火,相当可怕。起因是打包车间的李结实拿他的侏儒妻子开玩笑,杨贵双眼血红,双手卡住了李结实的脖子,不是众人死力相救,李结实就死在他手里了。

冯结巴夜里站岗巡逻,到了半夜时分,腹中饥饿难熬,便背着大枪,转悠到食堂附近,想找点东西吃。食堂锁着门,进不去,他想撬锁又不敢,叹一口气,晃晃悠悠往前走,忽然想起食堂外有一席棚,席棚里有一口大锅,是专为给临时工煮地瓜安的。也许能找到块地瓜吃。他弯腰进了席棚,闻到了地瓜油的味道,感受到尚未散尽的热量，忽听到有细微的声响，吃一惊，摸出手电筒，刷一道白光射出，罩住了灶前柴草上两个没穿裤子的人。仔细一看，原来是赵虎和赵一萍。冯结巴认真地说："你……你们别怕，接着干，我给你们……站……站岗。"这两个人急忙穿上裤子。赵一萍弯着腰跑了。赵虎和冯结巴套近乎。冯结巴说："我饿得慌，没工夫跟你啰唆！"

赵虎说："我那儿有饼干，你等着。"一会儿工夫，赵虎果然给冯结巴送来一斤饼干。

"以后我每天夜里都想去席棚里去找饼干吃，人家再也不去了。"冯结巴笑着说。

列车鸣着长笛，冲过一座铁桥。

打包车间临时工张洪奎负责踩包——把棉花倒在那个高两米半、宽八十厘米、长七百五十厘米、外包铁皮的木箱里踩实，然后推到打包机那个可上下升降的挤包栓上。张洪奎换班前踩了半包棉花，疲倦袭来，竟坐在箱里睡着了。换班的前来，以为此箱已踩好，便推到打包机上，开动机器，铿铿地挤上去。挤着挤着，箱缝里哗哗地流出血水来，他知道大事不好，开箱一看，张洪奎已经变成一张肉饼了。

方碧玉的尸体用白布层层包裹起来，埋在许莲花墓旁边。她死后,厂党支部书记找我去了解情况。我如实汇报。有人说她是自杀,因为她有自杀的理由:丑事败露、遭公公棍打、李志高叛变。大家都痛骂李志高不是东西。连"电流""一撮毛"这些素与方碧玉为敌的干部子女也骂。

厂里派我回村报告方碧玉的死讯。

国支书说她死活已与国家无关。

方碧玉的父亲听到女儿死讯,悬梁自尽。

她的后事只好由厂里处理。

女工宿舍里哭声震天。

孙禾斗、"铁锤子"灰溜溜。大家都说方碧玉是被他俩逼死的。

闹鬼之后,孙禾斗神经失常,送到精神病院里去;"铁锤子"大病一场,差点送了命。两人出院后都死活不在棉花加工厂干了。

李志高到方碧玉坟上祭奠、痛哭。他头发凌乱,眼窝凹陷,看样子是真悲痛。也有人说他在演戏,假惺惺。

我没有想到方碧玉死后竟招来了那么多的同情。方碧玉一死,女工们罢了工,厂里只好提前发工资,提前放假。领到工资的女工们不约而同地拥向商店,每人扯了一块花布,齐集方、许墓前,用花布盖住她们的坟头。

腊月二十四,二百余名女工背着自己的铺盖,沉默地走出棉花加工厂大门,跟刚入厂那种欢喜情景成为鲜明对照。她们走后,棉花加工厂死气沉沉,那些尚未加工的棉花大垛像巨大的坟包一样肃然兀立着。

春节过后,女工们都拒绝回厂。方碧玉显魂吓仇人的事传得很远。没加工完的棉花只好装车外运。

棉花加工厂里到处有鬼,正式工们都要求调离。厂长命令电工把所有黑暗角落里都拉上电灯,国家电一停,立刻开柴油机自己发电照明。看来厂长也害了怕。

在隆隆行进的火车上,冯结巴对我说:

"哥们儿,方碧玉是个有勇有谋的奇女子,她把所有的人都糊弄了。她在腊月二十二夜里,一个人偷偷地把许莲花的尸体起出来,放到棉花垛里藏好。腊月二十三晚上,她替你到清花机上去顶班。这时她已经把许莲花的尸体转移到离清花机很近的地方。她上班时一声不吭,也许谁也没注意到是她在顶你的班。十二点吃夜餐时,她关掉清花机旁的灯,趁着没人,她用推棉籽的车子把棉花盖住的女尸推到清花机旁掩藏好。你知道,运棉工在吃夜班饭前总是把清花机旁堆满棉花,为的是可以悠闲喝粥,车间开机后还可以休息一小时再去抬花。这一段时间内,遮盖着清花机的大席棚里只有方碧玉一个人。她把一切准备就绪后坐在清花机旁等待。当清花机与车间里的机器一起隆隆运转时,她站起来,先把一部分棉花扔进清花机,然后拖过许莲花僵硬的尸体,把尸体上的衣服剥得干干净净,剥下来的衣服团成一包放在身边。凭着练过武功的有力胳膊,她托着许莲花的尸首,扔进清花机的大口。清花机怪叫着把尸首吐出来后,她把自己傍晚时剪下来的头发和自己被同伴们所熟悉的内衣、外衣、鞋子、工作服、大口罩一起扔进清花机。然后她把早就准备好的红颜色水洒在棉花上、清花机上、许莲花的尸体上。做完了这一切,她拿着从尸体上剥下来的衣服鞋子,抽身离开现场,隐藏在她与李志高幽会的棉花垛里。那里边有水,有食物。她一直隐藏到大年夜里,等周围的村庄里响起了辞旧迎新的鞭炮声时才出来。她装鬼吓昏了孙禾斗和'铁锤子'后,又跑到空荡荡的车间里大哭了几声,然后跑出车间,施展轻身功夫,翻越围墙,从此远走高飞了。"

我问:"这是你亲眼所见?"

冯说:"我那时正在老家过年,怎么能亲眼所见?我只是猜测。"

我说:"原来是猜测。"

幽蓝的颜色、碧绿的颜色立即在我的脑海里闪烁起来。那具遍体拳头大的窟窿、磷光闪烁的修长尸体如浅滩上的一条死鲨鱼,团团簇簇的棉花宛若翻卷的浪头,宛若唧唧鸣叫的群蛇,涌上来围上来,冲击着,噬咬着……我的鼻腔里洋溢着腥冷的尸臭。我捏住了脖子上的皮肤。

冯问:"你没发现那尸首的蹊跷吗?"

我摇了摇头。

冯说:"我在新加坡学厨时见过一贵妇人,与方碧玉一模一样。"

我胆怯地说:"天下长得像的女人多着呢。"

冯说:"我敢打赌,棉花加工厂那两个坟墓里,只有一具尸骨。不信你就去掘开看看……"

火车怪叫着,钻进了一个幽暗的、长得仿佛永无尽头的隧道。在一片幽蓝的闪光中,棉花留给我的又冷又腻扯不断撕不烂的古怪感觉又一次缠上了我。

(初刊于《花城》一九九一年第五期)

图书在版编目(CIP)数据

白棉花/莫言著.—杭州:浙江文艺出版社,2020.5
(2023.8 重印)
 ISBN 978-7-5339-6002-5

Ⅰ.①白… Ⅱ.①莫… Ⅲ.①中篇小说-小说集-中国-当代 Ⅳ.①I247.5

中国版本图书馆 CIP 数据核字(2020)第 011433 号

策划统筹　曹元勇
责任编辑　王丽荣
文字编辑　易肖奇
封面设计　人马艺术设计·储平
责任印制　吴春娟

白棉花
莫言　著

出版　浙江文艺出版社
地址　杭州市体育场路 347 号　邮编:310006
网址　www.zjwycbs.cn
经销　浙江省新华书店集团有限公司
印刷　上海中华商务联合印刷有限公司
开本　787 毫米×1092 毫米　1/32
字数　135 千字
印张　8.375
插页　4
版次　2020 年 5 月第 1 版
印次　2023 年 8 月第 2 次印刷
书号　ISBN 978-7-5339-6002-5
定价　46.00 元

版权所有　侵权必究
(如有印、装质量问题,请寄承印单位调换)